FRANCIS POICTEVIN

HEURES

PARIS

ALPHONSE LEMERRE, ÉDITEUR

23-31, PASSAGE CHOISEUL, 23-31

M DCCC XCII

BIBLIOTHEQUE CONTEMPORAINE

VOLUMES IN-18 JÉSUS, IMPRIMÉS SUR PAPIER VÉLIN

Chaque volume : 3 fr. 50

DERNIÈRES PUBLICATIONS

BARBEY D'AUREVILLY. .	*Littérature étrangère*	1 vol.
ERNEST BENJAMIN. . .	*Singularité*	1 vol.
AUGUSTE BLONDEL . .	*Près du Rêve*	1 vol.
PAUL BOURGET	*Sensations d'Italie*	1 vol.
JULES BRETON.	*La Vie d'un Artiste*	1 vol.
J. DE LA BRETONNIÈRE.	*Belle-Sœur*.	1 vol.
PHILIPPE CHAPERON. .	*Misères de Cœur*.	1 vol.
ADOLPHE CHENEVIÈRE.	*Henri Vernol*.	1 vol.
FRANCIS CHEVASSU. . .	*Les Parisiens*	1 vol.
VALBERT CHEVILLARD.	*Paysages canadiens*.	1 vol.
FRANÇOIS COPPÉE . . .	*Toute une Jeunesse*.	1 vol.
JANE DIEULAFOY . . .	*Parysatis*.	1 vol.
FERDINAND FABRE. . .	*Ma Vocation*.	1 vol.
PAUL FLAT.	*L'Art en Espagne*.	1 vol.
ARISTIDE FREMINE. . .	*Une Demoiselle de Campagne*. . . .	1 vol.
ED. & J. DE GONCOURT.	*Sœur Philomène*. (Éd. Guillaume).	1 vol.
PAUL HERVIEU.	*L'Exorcisée*	1 vol.
GEORGE JAPY.	*Mademoiselle Baukanart*.	1 vol.
MARIE KRYSINSKA . . .	*L'Amour chemine*.	1 vol.
A. DE LAMARTINE. . .	*Lamartine par lui-même*.	1 vol.
CH. LE GOFFIC.	*Le Crucifié de Keraliès*.	1 vol.
BERNARD LAZARE. . . .	*Le Miroir des Légendes*	1 vol.
DANIEL LESUEUR. . . .	*Passion slave*.	1 vol.
MAX LYAN.	*La Fée des Chimères*.	1 vol.
LORD LYTTON	*L'Anneau d'Amasis*.	1 vol.
FRANÇOIS DE MAHY . .	*L'Ile Bourbon et Madagascar* . . .	1 vol.
ANDRÉ MELLERIO. . . .	*La Vie stérile*	1 vol.
MONTAURY.	*Une Conscience d'Artiste*.	1 vol.
PIERRE DE NOLHAC . .	*La Reine Marie-Antoinette*	1 vol.
OSSIT	*A quoi bon?*.	1 vol.
FRANCIS POICTEVIN. . .	*Heures*.	1 vol.
POUVILLON.	*Les Antibel*	1 vol.
MARCEL PRÉVOST . . .	*Lettres de Femmes*.	1 vol.
J.-H. ROSNY.	*Daniel Valgraive*.	1 vol.
PAUL TANY.	*La Fin du Bonheur*	1 vol.
ANDRÉ THEURIET . . .	*Mademoiselle Roche*.	1 vol.
LÉON TOLSTOÏ.	*La Sonate à Kreutzer*.	1 vol.
—	*Marchez pendant que vous avez la Lumière*.	1 vol.
—	*Les Fruits de la science*	1 vol.
EUGÈNE VERMERSCH. .	*L'Infamie humaine*	1 vol.
VIGNÉ D'OCTON	*Terre de mort*	1 vol.
GASTON VOLNAY. . . .	*L'Heure du Rêve*	1 vol.

Paris. — Imp. A. LEMERRE, 25, rue des Grands-Augustins. — 4.-1640.

DU MÊME AUTEUR

- La Robe du Moine . . . . 1 vol.
- Ludine . . . . 1 vol.
- Songes . . . . 1 vol.
- Petitau . . . . 1 vol.
- Seuls . . . . 1 vol.
- Paysages et Nouveaux Songes . . . . 1 vol.
- Derniers Songes . . . . 1 vol.
- Double . . . . 1 vol.
- Presque . . . . 1 vol.

FRANCIS POICTEVIN

HEURES

FAC ET SPERA

AL

PARIS

ALPHONSE LEMERRE, ÉDITEUR

23-31, PASSAGE CHOISEUL, 23-31

M DCCC XCII

... vers l'altitude suprêmement douce de la Beauté

HEURES

Paris, hiver 91.

DANS l'attente, par delà cette dérisoire et pitoyable vie, du Futur inapparent et espérable selon le mot de saint Paul, quelques symboles restent chers, comme les fontaines gelées. Le charme du revêtement vertical de ces vasques est moins le brillant de leur cristal de glace qu'une ombre, là, de lucide pâleur. Mirage fragilement solide, où se brouillent, se renfoncent les transparences. C'est des défilés, des aiguilles, des ramures et des ramilles exagérément fines, d'improbables vestiges ténus, refouillés, transfondus. Fugitivement s'y traceraient des apparences de chevauchées en des forêts et des clairières de songe. Un fantastique d'un Dürer de l'extrême nord, chasses soie et argent d'un moyen-âge. Et de voir couler des gouttes plus pures à travers cette paroi changeante! telles on rêve en arrière et l'on prévoit les formes qui se vaporisent. Des fois cela s'endort en des verglas poudrés d'un peu de neige. Et aussi des larmes s'y égrènent, s'y suspendent impassionnellement blanches.

Le cimetière souvenu de Lucerne, où

l'on passe en liberté, autour de l'église dont les flèches d'ardoise, aux petits abat-son s'entr'ouvrant clandestinement, sont rigides et hautes, ce lieu des morts regarde par les baies de son mur de clôture, blanches baies vides, vers les montagnes plus loin que le lac. Il est étrangement doux en une mélancolie de marcher forcément, en longeant cette galerie de cloître d'autrefois, sur les dalles tombales, sur leurs inscriptions. On sent le lieu non gardé plus respecté. Et les photographies même des morts, qu'on croirait presque malséantes par leur pseudo-ressemblance de matière, paraissent s'adoucir entre les croix, les couronnes commémoratives, les fleurs qui s'usent, que pieusement on renouvelle.

Près de la ville, sous de grands hêtres, une petite chapelle habituellement close, où sur deux bancs contre les deux croisées on s'agenouille sous l'auvent vers le sanctuaire plus désirable avec ses veilleuses palpitantes. Les paysans, allant à leur travail, en revenant, ne manquent guère d'y murmurer une invocation, l'offrande un moment de leur âme simple, à la Vierge. De ce jour abrité sous les hêtres sveltes et forts, de cette solitude sacrée on garde une mémoire sans date.

Les mondes ne finiront-ils pas par se désagréger de soi, par rentrer éprouvés, initiés dans la paix toute spirativement intense de Dieu? Sainte Hildegarde, la musicalement mystérieuse, l'a prophétisé.

Cette religieuse de Bingen, contemporaine de saint Bernard, ne cessa jusque vers la quarante-troisième année de souffrir. Puis, libre, à ce moment de son être, de prédire ce qui s'illuminait décidément au profond de son esprit, elle trouve, seulement alors, le repos. L'écorce physique de la sainte, châtiée cependant par l'austérité de sa vie, ne la gênait-elle pas encore, n'était-ce pas la nécessaire peine avant la joie supérieure accordée ? et déjà, dans les bras de sa nourrice, elle avait d'inexplicables familiarités intérieures de toute présente clairvoyance, dont, restant incomprise de celle-ci, elle ne s'ouvrit presque aussitôt plus à personne.

Saint Bernard dit que nous ne pouvons pas nous juger nous-même. Nous ne voyons pas le fond de nos fautes de chaque jour, de chaque heure. A notre mort, se décèlera sans voiles notre lamentable image. Et en ses prémonitions le saint a les compassions de sa bonté sévère.

Les gens nous traiteraient d'insensé d'attendre chaque soir, en une sorte de retraite d'oraison, une révélation angélique. Comment croire que cette appellation d'ange gardien, de notre forme-type, soit vaine! elle remonte, par delà les légendes, à la Perse primitive. Mais la lourdeur et la vacuité humaine a laissé tomber en désuétude ce qui réside à la source de notre être.

Avec le dégel, pourtant si doux, il reste un regret de ces vasques gelées, féeriques lieux polaires, lointains rameux et blêmes entrevus dans leurs ombres les transfigurant.

Hier, au concert, une jeune femme aux cheveux d'un jet subtil, d'une blondeur légère, finement dorée, cette jeune femme en satin turquoise, j'ai surpris, à une seconde, sa prunelle nager veloutée de mon côté dans l'orbe comme resté étranger à ce mouvement inopiné et furtif; elle ne me voyait pas oser très mal la regarder. Après le Manfred de Schumann, je n'ai pas hésité à partir. La blonde dame sans mollesse restera ainsi mêlée à de l'idéal... Mais que les femmes, même distinguées, sont donc obscurcies par les saintes!

La Vierge Marie se témoignait à sainte Brigitte de Suède en de mystiques symboles, sainte Brigitte presque placide et indépendante dans déjà son type humain de femme. La Vierge confiant à la sainte la vie cachée de Jésus, ses premières années obéissantes et nimbées non moins d'une sagesse que saint Joseph comprenait quelquefois; l'enfant recueilli en le Père lui demandant à elle, un jour de sa tristesse sur le futur, si, lors de la conception, elle avait été atteinte de Luï; la Vierge enfin, quand la sainte fut en Palestine, lui manifestant à Béthléem en une extraordinaire vision pénétrante la naissance de son Fils toute enfantine et si soudainement simple et mystérieuse dans son rayonnement que la lumière du cierge, apporté un peu avant par un vieillard à ce moment retiré, parut éteinte : la plume tremble, se sent indigne de toucher à ces vérités d'au delà de la terre.

La fille de sainte Brigitte, sainte Catherine de Suède et son jeune mari Edgard, de race princière par l'âme, couchant dès la première nuit de noces séparément et à terre dans des couvertures rudes, sans que jamais se soient frôlées leurs chairs, ces époux ne se touchant qu'en Dieu affolent de leur rare et réelle poésie. Les plus beaux poèmes chantés ne vaudront pas cette simplicité profonde, uniment vécue au XIVe siècle. Ces époux, dérobant leurs abstinences aux yeux de la cour où ils vivaient, l'emportent singulièrement sur les solitaires desséchés ou enfiévrés des thébaïdes.

Sainte Catherine de Suède, la première fois à Rome, regrettant son septentrion, gardant l'amour premier de son pays et de sa race, se décourageant seule avec les servantes dans sa petite chambre, alors que par prudence sainte Brigitte enjoignait à sa fille d'éviter ainsi les regards chargés de passion des nobles de Rome pendant les visites stationnales dans les églises où l'aimable et candide princesse n'apercevait même pas ces regards; et les flagellations pour surmonter son si légitime désir de retourner dans sa Suède et pour se vaincre en l'absolu, et les misérables vêtements qu'elle préférait porter, et sa définitivement extrême conversion après une visite de la Vierge la conseillant exclusivement selon l'Esprit dans un songe de nuit, comme si une telle chrétienne accomplie avait encore à se convertir! cette exquise femme, sur les genoux de laquelle se venait, aux premiers jours de son mariage, dans une chasse en ses forêts, réfugier un daim poursuivi et alors sauvé, cette sainte si délicatement, virginalement aimante de son mari et de sa mère et de sa foi religieuse a parcouru tous les degrés de la perfection avec on ne sait quel frêle charme enchanté, réellement immaculé à l'avance. Ne marquait-elle pas déjà à sa nourrice d'instincts charnels une aversion, qui la faisait se détourner et tendre ses petites mains vers sa mère!... Dans le recul de cinq siècles, aux côtés de sainte Brigitte d'une froideur, d'une hauteur sainte et se méprisant jusqu'à se parachever quand, à Rome, elle se confondait parmi les mendiants et remerciait des aumônes par le geste le plus humilié, auprès d'une telle mère éclairée en Italie et en Palestine des lueurs boréales de ses révélations, sa fille semble l'alanguir en une adorable ombre.

A son dernier voyage à Rome, ne se laissant pas entraîner par l'un peu curieuse, l'active sainte Catherine de Sienne ni par le confesseur, à elle désigné par celle-ci, à aller rendre visite à la cruelle et voluptueuse et séduisante Jeanne de

Naples et s'essayer à cette conversion vaine, sainte Catherine de Suède ayant une aversion prolongée de la fascinatrice fascinée de son frère Charles, mort des suites de ce double ensorcellement par un baiser sur les lèvres en pleine cour et devant sainte Brigitte elle-même, cette tendre et tranquille, cette charmante Catherine de Suède, princesse humble, chaste jusque dans le mariage, enthousiasme, elle serait la sainte peut-être de toute prédilection.

La sensitivité même phosphorescente de certaines plantes, leur respiration de rêve, leur odorante pudeur est ce qui toucherait le plus dans la nature. Leurs vertus curatives réclament le diagnostic d'un thérapeute.

Chaque matin de la semaine, vers les huit heures, sur le pont des Arts, on peut longer, en contre-courant isolé, la coulée humaine assez régulière dans son inharmonie de détail. Ces hommes et ces femmes vont à leur métier différemment ou plutôt indifféremment ordinaire, ils vont un peu plus vite, un peu plus lentement, et cette marche s'accentue durante, mais nul ne voit tout au plus que soi, troupe intimement débandée que relie en un piétinement sourd l'heure mécanique du travail matériel. Et on les sent, ces êtres, désolément aveugles entre eux dans une inconscience. Et, au-dessous de ce courant désorganisé et opaque des hommes, la Seine se montre plus tristement trouble dans l'anonyme mémoire de ses noyés.

Le Christ est venu « vers le soir », dit sainte Hildegarde. Or, le soir ne s'est-il pas enfoncé dans les ténèbres d'un plein minuit?

Dans le livre III de l'*Imitation,* cette expression : « jusqu'où descendent nos affections » nous rappelle impardonnablement nos quotidiennes bassesses niaises.

La projection perdue de l'infiniment petit toujours se dédoublant ferait chanceler la pensée en un malaise d'immobile vertige, pareil à peu près à la sensation du personnage entre deux glaces qui se faisant face se renvoient indéfiniment l'une l'autre un écho vain et moqueur.

Il y a peu de jours, un matin que le

froid reprenait après une détente, la veille, de l'atmosphère, le regel verglacé de l'eau, débordée d'une vasque dans le gazon autour, réflétait ou mieux réfractait un paysage d'hiver dans une éclaircie de ciel grise, paysage translucidement triste, d'une incertitude, d'une adombration étrange, comme pris d'un sommeil magique.

Dans un rêve de cette nuit, notre chien non tout à fait aveugle, qu'avant de partir en voyage nous avions confié à des personnes supposées sûres, on nous avouait ensuite qu'il avait été tué à cause même de son infirmité. Et je me suis senti pleurer douloureusement pendant qu'à une table sous une toiture en chaume au bord de l'océan, par un jour gris et doux, j'écoutais le récit d'ailleurs singulièrement franc sans malveillance de cette mort; et la raconteuse que je ne connais pas indiquait qu'avant d'être fusillé le caniche aveugle, auquel en conséquence on n'avait pas bandé les yeux, avait été dressé à faire le beau devant la mort.

Quand sainte Hildegarde dit que l'émeraude est faite « de la viridité de l'air », cette idée projette dans les espaces, et, par delà les verdures terrestres, on songe à un regard astral dedans la luisance smaragdine. La sainte guérissait avec l'eau dorée et verte du Rhin les cécités.

La parabole des dix vierges dans saint Mathieu nous réinquiète, nous réattire. Quelle retrouvaille gracieuse et sévère des religions passées, ces vierges avec leurs lampes! et les retardataires non vigilantes frappent en vain à la porte que le Seigneur n'ouvre plus. Il ne les connaît point.

Est-ce par suite de ce que je lisais dans sainte Hildegarde sur ce qu'elle dit de la fidélité intelligente des chiens flairant les perfides alors même que ceux-ci les caressent? Mais enfin j'ai excessivement rêvé, cette nuit, de notre Tom. Ce caniche je l'avais perdu dans une course tardive dans Paris; j'avais ensuite failli, lui n'étant plus là pour me protéger en quelque sorte à l'avance, être assassiné par de sinistres joueurs dans un cabaret près de Notre-Dame sur l'autre rive, et, de ce lieu où je me trouvais engrené inexplicablement, je percevais l'aboi à la mort de mon chien absent.

Dans le fond d'une vaste salle remplie et cependant sans tumulte quoique dans une atmosphère d'égarement importune, je m'étais, dans un autre rêve, assis tout contre un vieillard assez infléchi que je ne reconnaissais point d'apparence pour mon parent préféré et mort depuis longtemps, pourtant j'avais aussitôt senti son âme incorporée en ce vieil étranger. Et le sens de notre causerie restait double, nous nous parlions avec des politesses ou même des cérémonies de gens faisant seulement connaissance, mais justement et heureusement les sous-entendus abondaient en émotion contenue. Et nos tendresses, ainsi, se gardaient anciennes.

Ce soir, à une vitrine de fleuriste, des roses blanches, d'un blanc moins mat peut-être que pâle, mais si pur, sorte d'ombre virginale, seraient la préférable nuance. Selon l'expression de sainte Hildegarde, « elles clarifient les yeux » les roses que, dit encore la grande abbesse de Bingen, il convient d' « ajouter à tous les médicaments ».

Et je resonge au manteau d'un bleu abreuvé de la Vierge dans le tableau, à la salle des primitifs du Louvre, de Raibolini, à ce bleu limpidement troublant d'abîme qui s'enviolit du martyre maternel. Et derrière le crucifié s'étage un amphithéâtre de verdure rase imbibée de pleurs.

Toujours une mère et son enfant demeurent en des rapports infrangibles, quand même la mère aurait d'autres amours. L'amour maternel reste inviolé en son essence. Ce recoin dans son cœur pour ce qui est né d'elle, recoin inaccessible et inconnu, l'enfant ne s'en doute que mal, il ne sait pas répondre en la même immensurable mesure à sa mère.

Qu'en embryogénie le cœur soit l'organe apparaissant le premier dans l'homme, cela concorde avec l'apparition première de la lumière dans la nature. La bonté est la lumière même prise en profondeur.

Sur une étagère, entre une fleur de camélia dont la blancheur de cire très peu rosée plaît en cette rude saison, une figurine en bronze verdi d'Isis assise, la tête couronnée du signe *mondial,* l'enfant silencieux sur les genoux, mère d'une maigreur spectrale ou séraphique, et une scène bâloise du *Todtentanz*, en bois peint, jeune femme qui se regardant dans son miroir s'étonne de n'y voir que le reflet anguleux de la mort paradant derrière elle. Ces deux symboles, opposés et pareils, des renaissances enfantines ou funéraires évoquent les deux grands fleuves, le Nil et le Rhin, que rien n'a arrêtés encore dans leur cours d'une fatale magnificence.

L'antiquité me prépare héroïquement le christianisme, si enveloppé lui des pudeurs les plus tendres. Qui oublierait la grandeur sublime d'Œdipe se crevant les yeux à la découverte de son crime involontaire prédestiné! Reconnaissance supérieurement douloureuse de l'inéluctable. Et combien compassionnément attachante la figure d'Antigone faisant reposer vainement son père aveugle à l'ombre du bois sacré de sa patrie, cela n'est-il pas d'un abri aussi religieusement pur que l'asile ecclésial! Antigone semblerait une sœur première des saintes chrétiennes... Et entre Électre et Oreste, quand ils se retrouvent inopinément sur la tombe de leur père, quelles hésitations délicates, après quelles divinations chez la sœur afin de reconnaître son frère! Elle a mesuré ses pas dans les traces de ses pas à lui, elle a aussitôt comparé aux siens la nuance des cheveux coupés sur la tombe, elle devine là son frère alors qu'il ne s'est pas montré en personne. Mais dès que l'homme visible paraît, un tremblement de se tromper, d'être abusée la reprend, et cette sollicitude tressaillante, Oreste ne la comprend pas, il se fâcherait de cette hésitation. Il faut qu'elle voie les animaux brodés par elle-même et la spathe sur la toile tissée de son frère.

Les mortifications, les extases des saints,

elles, dépassent les limites humaines. Mais la grâce de ces scènes grecques, en ses proportions restreintes, n'en est pas affaiblie. Quand sainte Thérèse écrit ceci sur saint Pierre d'Alcantara : « Il était si mortifié, même dans sa jeunesse, qu'il m'a avoué confidemment qu'il avait passé trois ans dans une maison de son ordre sans connaître aucun des religieux, si ce n'est au son de la voix, parce qu'il ne levait jamais les yeux, de sorte qu'il n'aurait pu se rendre aux endroits où l'appelait la règle, s'il n'avait suivi les autres », et que la sainte ajoute : « Il était déjà très vieux quand je vins à le connaître, et son corps était tellement exténué qu'il semblait n'être formé que de racines d'arbres. Avec toute cette sainteté, il était très affable ; il ne parlait guère que lorsqu'il était interrogé. Quand il vit que son terme approchait, il récita le psaume CXXII, et s'étant mis à genoux il expira », on est transporté dans un monde brahmanique, ces transcendances de vie sembleraient reléguer les charmes de la Grèce. On en vient à ne pouvoir plus se priver de la reprise assidûment lente des œuvres d'une délectation céleste de la modeste et valeureuse et très sagace sainte Thérèse, écrites presque malgré elle sur l'ordre formel de ses directeurs, sous les persécutions de l'envie parmi surtout les religieux mêmes. La vénération d'un profane, d'un indigne doit, veut se taire, sous peine d'une impudeur révoltante, devant les ravissements de l'humblement confuse carmélite en « la vérité, la splendeur infuse ». En ces moments uniques où s'accomplit un infini accru, où se découvrent les souveraines grandeurs de Dieu, qu'il faut, selon elle, avoir éprouvés pour être capable de les concevoir et de les croire, « l'âme ne paraît plus être en elle-même... elle ne se connaît plus... dans le calme le plus pur elle écoute, avec une faculté nouvelle d'entendre, un parler sans paroles au son clair d'un sens prolongé et qui est la langue de la patrie... l'âme se voit en un instant savante, il n'est pas de théologien avec lequel elle n'eût la hardiesse d'entrer en dispute pour la défense des mystères les plus relevés, elle demeure dans un saint effroi... l'esprit de l'âme devient une même chose avec Dieu... en dehors même de la grâce Il est naturellement la toute-présence essentielle... toutes les créatures n'apparaissent que comme des ombres » que pourtant, quand la sainte les pressentait dans l'état — à ses yeux illuminés tout obscur — de péché mortel, elle se vouait, afin de les délivrer, jusqu'à prendre pour elle, à subir leurs tourments. Et dans l'élan détaché, abîmé des septièmes demeures, la carmélite, « embrasée du désir de voir intellectuellement Dieu », comprend, comme l'extatique saint Jean de la Croix, qu'on ne peut plus comprendre.

Combien l'aise désintéressée, indulgente sauf sur soi ou la plaie intolérablement aigrie, aise ou plaie intérieure, physique aussi, augmente ou diminue selon l'effort ou le relâchement vers le centre divin! étiage moral susceptibilisé, en le seul goût vrai des « touches spirituelles » au plus secret de l'âme. Et, par suite, on reste sensible à une certaine nitidité extérieure indispensable. La mère Anne de saint Barthélemy, entre les bras de qui sainte Thérèse a mis sa tête les dernières heures de sa vie, ne dit-elle pas : « Comme je savais qu'elle aimait beaucoup à avoir du linge blanc, je l'en changeai absolument, jusqu'aux coiffes et aux manches, ce qu'elle considéra avec beaucoup de satisfaction ; et, jetant les yeux sur moi, elle me sourit et me remercia par quelques signes. C'était une si belle âme, qu'elle en donnait des marques en toutes choses. »

A. Vacquerie que je viens de voir pour la première fois, chez lui, seul à seul, me laisse une impression d'une rencontre déjà dans une autre vie. Hugo, il m'a semblé, flottait autour de nous, j'exprimai à Vacquerie mon très particulier regret de n'avoir pas connu le poète, qu'une vache vint écouter pieusement, quand à haute voix il lisait dans l'île. Mon interlocuteur croit aussi que nous sommes sur la planète comme en un cocon, qu'il dépend de nous de s'élever, après la mort, à des sphères autrement avancées; là seulement est le sens de l'actuelle vie défectueuse. Et pendant que nous causions presque bas, la tête en un doux allongement de Vacquerie à la voix nette et ondulante étrangement, à l'œil brun grisé, cette tête d'une inanimation pensive avait une nutation comme liée à une mesure lointaine. La somptueuse demeure aux nuances assombries m'a remembré un palais de Josiane.

La Seine, aujourd'hui toute grosse, met à l'horizon qui ne finit pas de se dissoudre une perspective de grande ville un peu brumeuse et vastement baignée. Cette superbe avenue fluente, irisée et boueuse, s'étend, traversée par les ponts ne la diminuant point, et sans un bateau elle semble passer en une imaginative superfluité.

A des crépuscules, que des nues s'effaçant défatiguées veulent approfondir, ces claires pâleurs éloignées apparaissent une naissance première ou à jamais mourantes.

L'odeur douce et forte s'exhalant du corps flexible de sainte Thérèse morte et se répandant dans tout le couvent d'Albe, n'a-t-elle pas été quelque linéament mouvant de son âme envolée et durante.

Au long des boucheries, stagne vengeresse l'odeur fade, meurtrie des chairs sanglantes accrochées, étalées de ces bêtes ingratement, inutilement sacrifiées.

Quelques étoiles terrifient de leur fixité rubacée. Avant-hier, l'étoile de discrète solennité, Sirius sans doute, mais que nous préférons nous laisser inqualifiée, nous la reconsidérions aller vite dans l'espace, y tracer sa dentelle diamantine.

Entre le bleu et le jaune, entre la nuit et le jour, il est telle teinte verte, indécis intersigne des prudences, dont le regard garde sans s'éveiller sa lueur.

Sainte Brigitte a dit que les démons ne se montrent pas en cette vie, afin que les mauvais ne tombent pas sous le coup de la terreur.

Des orchidées blanches, à peine teintées de jaune au cœur, somnolent en la molle fanchon de leurs pétales, se repenchent, se refermeraient, plus blanches peut-être de leur mélancolie.

Une pensée d'exacte immensité de Leibniz, en note dans notre Plotin : « La communication de chaque corps va à quelque distance que ce soit. Et par conséquent il se ressent de tout ce qui se fait dans l'univers, tellement que celui qui voit tout pourrait lire dans chacun ce qui se fait partout, et même ce qui s'est fait ou se fera, en remarquant dans le présent ce qui est éloigné tant selon les temps que selon les lieux. »

« Tous les êtres, » dit Plotin, « sont des contemplations... les défauts qui se rencontrent dans les choses engendrées ne sont que des fautes de contemplation... les amants doivent être comptés au nombre de ceux qui étudient les formes et qui, par conséquent, se livrent à la contemplation. » Le seul reliement des mondes n'est-il pas dans l'attrait absolu !

Nous revenons, comme à la voix naturelle peut-être la plus chère parce que vastement dérobée, aux arabesques invisibles, refuyantes et murmurantes du vent dans une forêt de pins sous les nuages, dont il semble l'âme et de l'air même. Et, de la haute terrasse du jardin d'Avranches, dans la baie du mont Saint-Michel, les mouvements de vague lumière, par de grisoyants jours, ces ondoiements d'une hésitée rapidité de l'espace, où, dirait-on, transparaît tremblante la pierre des fées, communiquent, non sans douceur, leur vif et grand silence.

De l'été de l'an dernier, en une promenade matinale, à Saint-Servan, une maison entre quelques autres non moins pauvres préoccupait, un peu s'isolant moisie, sa toiture d'ardoises détériorée, gondolée. Une des deux fenêtres sans rideaux du second étage, fermée, avait un air non solide et avec cela inouvrable; par l'autre ouverte, dans l'intérieur obscur, une plante verte suspendue, retombante, s'apercevait confondre sa chevelure, dubitativement frôler.

Pourquoi mon songe retourne-t-il plus volontiers et un peu à son insu alentour des arbres de Dürer, que même des langueurs, telles langueurs adorablement maladives, d'Italie? Je ne sais quel bistre me gêne dans ces teints, ces expressions du midi, quelque artiste que soit la coupe. Tandis que ces arbres d'Allemagne, étranges jets argentinement filés qui se r'enroulent, se tordent, me virent mon âme impersonnelle et féminine.

Ce matin, sous la petite pluie froide, ce me semble d'un fantasque hétéroclite ces noires femmes des vasques, à la figure desquelles colle un masque de glace coulante.

Les comédiens sont une espèce de fous admirable, de fous savants. Chaque soir, ils s'aliènent dans l'incarnation de leur rôle.

Une après-midi de septembre dernier, sur une estacade, un bel enfant d'environ un an, que nous regardions dormir en une palpitation sommeillante dans son berceau, gardé par une vieille bonne, charmait tel qu'un palpable rêve, peut-être inquiétait-il un peu de son inconscient futur. Le visage reposait dans une candeur blonde, sous les cils moins fermés que baissés se traçait une ligne d'azur violi, la bouche joliment, fragilement rose apparaissait déjà, à ma crainte du moins, la plaie des baisers. Et, se réveillant, l'enfant sembla importuné, comme en une divination confuse, du poids de la vie.

« Dieu tout en tous » est l'expression même de l'évangile éternel, alors que chacun, dans l'humble et entier dépouillement de soi, ne pourra plus que sentir Dieu et se différenciera par l'infinitésimale particularité de ce seul toujours grandissant amour.

« As-tu vu les portes de l'ombre de la mort?... Sais-tu l'ordre des cieux? » Ces paroles de l'Éternel à Job rendent plein de confusion et d'espérance. Le désir extrême de la plus pauvre âme s'accomplira.

Je transcris avec une piété cette émotion de ma compagne : « Hier, toute l'après-midi dans l'appartement, malgré la lumière du dehors et du foyer, je me sentais suivie d'une ombre, c'était, quand je me détournais pour saisir cette forme, une fuite de quelqu'un de trop discret. Le soir, dans le lit, après une prière, entre la veille et le sommeil, dans ce moment où la pensée vague, je me voyais dans le petit salon, mais un peu étrangère dans le changement de disposition de la pièce et des meubles, ainsi, les portières qui se font face se trouvaient suspendues devant le canapé à l'angle de la bibliothèque, et je m'efforçais d'écarter ces lourds rideaux comme de plomb, pour enfin voir yeux à yeux la mère de F...... qui est morte. Elle était debout sur ce canapé, dans une très longue jupe noire et le buste enveloppé de blanc froid. Son expression me surprenait, étonnée et indifférente de mes efforts pour la voir. » C'est la première fois, depuis les trois ans de la mort de ma mère, qu'*elle* est suivie ainsi comme de son fantôme.

La douleur, le regret même est peut-être encore, en un sens, une infériorité. Distinguer, en une montée paisible, rapide, hautaine, notre fleur de songe, que réfracterait une contemplation indéfiniment particulière, n'est-ce pas cela dont la chimère de Gustave Moreau est la signifiance? Cette dame que son corps engaîne, fluidique dans une robe liliale, vierge moins sphingique que persane, moins cachée que lumineusement calme et délicieuse, porte entre ses doigts son charme, le lys d'eau crépusculaire en sa blancheur légèrement teintée de rose violet, où elle se reconnaît non en sa passionnelle forme vaine mais en l'insaisissable de son désir pur. Et cet ægipan merveilleux et dévoué chevauche, rame le tempétueux espace de ses griffes hardies, de ses ailes et de ses écailles aux poils tels que de longues feuilles, de sa queue onduleuse; il laisse errer infiniment par les mondes la dame dont les ornements préférés les rappellent, longue et ronde lyre, cercles de perles ou de marguerites, cycles des cosmogonies. Enchantement renaissant de la déesse, par delà l'égide de la chèvre zodiacale.

Les marronniers des Champs-Élysées surprennent heureusement de rester des arbres, tandis qu'ils simulent des bronzes d'art, de vieux bronzes. Quand la pluie les a relavés, réimprégnés, ils s'alignent seigneurialement obscurs, guère épandus, assez reconcentrés; le long d'eux, la marche s'abrite rêvante. Et des pulvérulences virides atténuent la rigueur un peu renflée de leurs longues tensions.

Trois égoutiers passant fatigués, pacifiques parmi le beau monde, semblaient nocturnes dans leur carapace de cuir humide, l'un d'eux portait une lampe de cuivre allumée, à peine plus grande qu'une lampe funéraire. Sous le champ désert du pâle azur solaire, dans la ville vainement bruyante, ce signe des catacombes modernes brûlait presque mystérieux.

A Douarnenez, d'une estivale, très matinale promenade vagabondante, pourquoi un pan de mur d'une ruelle délaissée se représente-t-il à moi avec les arêtes dentelées de son ensorcelante fougère trempée et vive, son eau dégouttant au long de sa pierre brunement lavée et limoneuse, avec le réverbère accroché là et hermétique en la diaphanéité gelée de sa quadruple vitre ?... Et, à un versant de fougères et de hêtres, au-dessus de la rivière d'un vert de réconfort, une roche surtout, parmi quelques autres de granit sur le sol moussu, friable, une roche plate, en carré, comme levée à demi, plus cachante, tachetée très diversement de lichens délissés, verdâtrement grisâtres, peu ou pas rouilleux. Ces tachetures! elles me font, en une récurrence de sympathie triste, revenir à cette roche fossettée, plutôt régulière de forme et ainsi plus étonnante d'être agreste, à leur ressemblance dégradée, éruptive, friselée.

Dans des jacinthes et dans des ciels à l'heure des crépuscules à l'opposé du couchant ou du levant, il perspire des bleus lilas d'une défaillance éperdue qui excède, bleus mystiques qui ne se formulent point.

Ce dimanche, dans notre chambre, nous nous chagrinons du catholicisme mondanisé, de l'absence de foi. Et nous relisons ce passage du chanoine Moreau du XVIe siècle, dans son *Histoire de la*

Ligue en Bretagne, sur les trois messes du jeudi saint au grand autel de la cathédrale de Quimper, cathédrale blasonnée dont le granit ouvragé est grignoté par le temps et dont le cœur s'incline en souffrance : « En cette église de Saint-Corentin, d'ancienne tradition, on célébrait, le jeudi, jour que l'évêque fait les saintes huiles, trois messes annotées ensemble sur le grand autel. L'évêque au milieu et deux dignitaires ou anciens chanoines à chacun côté, célébraient et consacraient chacun son hostie, et faisaient l'élévation ensemble, ayant chacun son pupitre, son livre et son calice; faisaient toutes les cérémonies, prononçaient les mots ensemble et tous d'un temps, tant à basse qu'à haute voix, n'avançant l'un plus que l'autre, fors que celui, qui était au milieu, chantait un peu plus haut, pour éviter la confusion des voix. On ne trouvait pas longue cette belle et dévote cérémonie, et l'on n'a pas ouï dire qu'il y en ait eu aucune semblable en d'autres endroits du royaume. »

L'apparence humaine du Christ dut être d'une vertu tactile si excessive que, dans sa parfaite sérénité, elle était prédisposée aux plus aiguës douleurs.

A ces minutes crépusculaires où les choses de la terre s'ennébulent et rentrent dans le ciel, où il reprend, lui, splendidement à l'ouest, en une idéale décoloration à l'est, son empire, c'était, ce soir encore, une délirante apparition que la lune dans la cendre cendrée de l'éther, lune au pâle vermeil presque un peu vert derrière les ramilles des grands arbres pendantes en fils qui s'entrebrouillent. Et les hautes branches levées parurent se tordre amoureusement faibles entre l'orbe de la morte errante, comme tarée de ses taches.

Dans ce brouillard de ce matin d'une inhumide fluidité où entre-temps le soleil se montre igné et blême, où les branches se tissent cotonneuses, où quelques ramures émergent, s'isolent en des serpentements démesurés, où les passants se confondent en des personnes vagues, pour un peu troublantes, on se sentirait, malgré la laideur de la terre, presque à l'aise parmi ces limbes d'une griserie grise.

En la reproduction, la retrouvaille de l'oncle par le neveu, alors que l'oncle luimême rappelait l'arrière-grand-oncle, n'y a-t-il pas, en ce cas positif de genèse par collatératilité de telle famille, quelque symétrie saltatrice ?

Un corbillard de pauvre ce matin, sous le soleil, passait rue Royale. On voyait la bière, que le drap funèbre ne couvrait pas toute. Emblème de profondeur sans nom, l'humaine dépouille raturée de même sa lettre initiale. Mais pourquoi ce noir des enterrements ? c'est que sans doute rien n'est hideux comme de rentrer dans la terre, scellé, en proie aux consomptions lentes et louches. Un regret avide m'est revenu des nuraghes persans qui subsistent encore en Sardaigne.

Le violet laiteux des violettes de Parme se déteindrait dans leur parfum débile.

Des soirs au crépuscule, dans la céleste vapeur ianthine un peu obscure, notre étoile inqualifiée paraît la première, oscillant brillante. Un diamant bleu qui cligne. Dans son balancement aux angles déliés s'entreperdant, se r'entrelaçant, elle raye l'espace, comme déviante. Et allégés de nous-mêmes vers elle dont transpirerait, semble-t-il, à travers la glace des distances, l'arcane de sa haute hiérarchie, nous nous demandons si cette incantation n'est pas déjà, d'avance, une certitude.

Le signe de croix inscrit sur la personne humaine les points cardinaux de l'espace spirituel dans la rose des vents de la destinée.

Vers midi, plus loin que la porte d'une

église tendue de blanc avec la mystérieusement rassurante lettre V à l'angle aigu ouvert sur l'infini, stationnait, à la chapelle de la Vierge, un catafalque en satin blanc avec quelques bouquets blancs dessus, entre des cierges qui brûlaient et parmi les chants d'une allégresse contenue.

A la vasque de l'Horloge, devant cette eau toujours coulante, limpide, dans le bassin presque débordant, jamais empli, nous regardons l'étrange vieux frêne greffé dont les branches comme artificielles, tant elles sont il semble retravaillées, se déroulent pleines de restrictions, ondulent annelées, traçant en l'air des torsions qui retombent pleureuses.

Arcachon, mars.

Dans la forêt, on s'absorbe en les résonnances du vent se perdant et revenantes et se reprolongeant affaiblies, on regarde un peu hypnotisé

les mousses, les lichens, les feuilles, les aiguilles,

leurs roux amortis ravivés d'ors verts,

leurs gris de cendre.

Notre ombre à terre

sous le soleil, la lune ou les réverbères

se défigure,

vaine image profonde

d'oubli.

Par les pins ce matin de soleil, nous nous disons, *elle* et moi, la tristesse des naissances bien plus que des morts. *Elle* s'étonne des réjouissances qu'on fait autour des nouveau-nés. Cette petite masse enlarvée et fragile ne peut, selon *elle*, qu'affecter, même épouvanter un peu et attendrir. A la clairière, des cloches bientôt nous surprirent au loin, comme si elles répondaient ou mieux prenaient leur part de frêle mélancolie à nos pensées aveugles sur ceux qui viennent à la vie ou s'en vont. La lumière commençait à se faire chaude. Et ces ondes des cloches invisibles charmaient à travers et par delà les dômes muets des arbres, elles appelaient des réminiscences étouffées... Sur le sol, je voyais un petit morceau de bois mort feindre une salamandre à tête de cerf.

Ici les astres, dans le bleu nocturne, ont une magnificence comme perfidement rapprochée dans une fixité improbablement silencieuse. Ils étourdissent, alarment et tentent, tels que le grimoire de l'éternité. Leurs signes, pour nous perdus, chavirent nos quand même transpassantes espérances. Notre propre fil, déjà si mal connu de nous, s'y égare davantage, on s'effare de reconnaître dans ces étincellements aphones son propre labyrinthe. Et les yeux même des pieuvres n'ont plus qu'une indifférence terne, en regard de certaines figures d'astres qu'on s'imaginerait damnés.

L'univers est la mobile image misérablement moins composée que s'altérant de Dieu, le grand ancêtre fidèle, archaïque et ultime.

Un rêve d'*elle*. Dans une ville dont elle

ne sait ni où c'était ni comment elle s'y trouvait elle s'est sentie perdue déplorablement, ville de pluie ruisselante aux fenêtres et aux portes closes et sans habitants et sans passants et sans bruit que la pluie.

Le petit jour prête aux choses les plus présentes une apparence un peu nébuleusement passée qui se désendort. Fuyant recul de vivre!

Dans ce midi plus encore, notre esprit se retourne affectionnément et maladivement vers la Bretagne et ses gnomes hâves et ses étangs spongieux aux reflets maculés, flétris, aux fonds de plantes uligineuses, aux efflùves *emberluants,* comme vers des rêves morts.

A ces horizons de marine, des nues d'un tendre de pervenche gardent dans leurs ombres des glissements d'eau.

Des soirs, nous marchons dans des ombres flexueusement couchées de branchages d'ormes, les troncs des réels arbres en émergent, nos yeux, nos pieds se laissent prendre par ces enlaceuses.

Après des rêves heurtés et se défaisant sans traces au réveil, je resonge ce matin, parmi les ors gris, les verts et les violets irisés du ciel, à ces moines voyants du moyen-âge qui s'interrompaient parfois jusque dans la célébration du Sacrifice pour s'endormir. Leur invisible alors laissait leur apparence, s'en allait loin aider, sauver les pauvres gens en péril.

Pendant les malenuits moins pénibles peut-être encore que les journées d'agitant et brûlant soleil, la lune dessine sur le tapis de nos deux chambres contiguës des longueurs s'entr'ouvrant fantasmatiquement blanches, fenêtres immaculées de l'âme qui s'échappe.

Hier soir, une étoile à l'orient et pareille de forme à notre blanche grande, pareille je dirais de puissance, une étoile jaune, hâtive, tourmentante, d'un jaune de passion, l'air d'être folle, songions-nous *elle* et moi, cette étoile nous a inquiétés de nous préoccuper à ce point. Allais-je commettre une infidélité à mon amour, à l'étoile de splendeur bleue et blanche, à la purement magnifique? il m'a suffi de me retourner vers sa face pacifiante, car elle montre vraiment son visage, elle. L'autre, la jaune s'agite oblique, redoutable, et mauvaise elle fascinerait; enfin, je l'ai crainte, d'angoisseuses minutes. Mais encore une fois, la blanche grande et calme étoile dominait mon âme et le ciel. Puis, *elle* et moi nous nous sommes arrêtés, oui blottis, un moment, dans une verte, nimbée en son scintillement imperceptible, et telle qu'un petit nid où l'on enfonce.

Printemps.

Tout à l'heure, dans le fiacre montant à Montmartre au cimetière, cela allait si lentement, d'une lenteur morte sur les pavés qu'on ne sentait plus.

Au Jardin des Plantes d'Avranches.

Près du haut cèdre aux grosses branches en gerbes, enfant grandi du cèdre fameux de Paris, cèdre à l'élégance spacieusement ténébreuse abritant contre toute mauvaise influence un peu du couvent des Ursulines, rampe et grimpe contre le mur, qui sépare du jardin de ce couvent, une glycine géante. Cette glycine, au bois d'un blanc grisâtre et rainé, a des enlacements laocooniens. Sous quelques nuages, avec entre temps des coups de soleil, le Mont Saint-Michel au loin émergeant de la grève en une splendeur grise, nous étions au silence du lieu et des étendues dans la brise matinale. Et nous regardions avec une certaine envie recueillie les fenêtres plutôt riantes du couvent, dont les demi-volets lamellés voilent aux passants les cellules ouvertes et n'en laissent voir qu'en ombre le blanc plafond.

Paris.

Une exhumée, à Barcelone, trouvée accouchée dans son cercueil et contordue, cette ensevelie vivante, qui ne s'est réveillée que pour enfanter à une double tombe, nous jette l'écho de son râle sourd dans son épouvantement.

Elle exprime une pitié ombrageuse pour les voyages posthumes du corps de sainte Thérèse, pour surtout la dispersion de ses membres, reliques certes vénérées à différents endroits, mais enfin, selon *elle*, devant occultement souffrir d'être tronçonnés. Cependant ainsi, à travers l'apparente mort de la sainte, paraît se continuer le martyre et la merveillosité héroïque de sa vie.

Hier, le soleil couché, aux Champs-Élysées, le va-et-vient avait diminué, il n'y avait plus que quelques passants se disséminant, allant pressés ou détendus, la poussière elle aussi semblait lasse, poudre blanche qui voulait s'assagir, en une entente avec la douceur grave de l'heure. Les choses, un moment désertées de la frénésie de la vie, se voulaient illusoirement r'accorder à la sérénité éloignée du soleil disparu et des étoiles attendues.

D'habitude, le dimanche matin, dans les brefs apaisements de la rue, un chant continue, gouailleur et monotone : « Pleurez pas, les enfants... v'là le marchand... c'est moi que j' les fais, c'est moi que j' les vends, les chaises pour les petits enfants... c'est moi que j'en mange l'argent... » Et le bonhomme tournaille au milieu de l'enchevêtrement de ses petites chaises peinturlurées.

Au crépuscule du soir d'un faste perdu, je mâchais hier des pétales un peu roussâtres d'un joli ton assoupli et fané, pétales tombés dans le gazon, aux Champs-Élysées, de l'arbre d'Amérique, près la vasque au voile d'eau ondoyant à peine. Ces fleurs ont un parfum de rose mousseuse mêlé à un goût d'ananas, se mariant à l'un peu glacée et fondante charnure de blancheur précieuse. Et nous nous sommes reposés devant les jets d'eau du Rond-Point, touffes neigeuses mouvantes qui en elles-mêmes écoulent comme des gouttes d'avalanches et s'embrument ombrées de bleuâtre. Dans le bruit roulant des voitures, ils apparaissent, ces jets, d'emblématiques chevelures d'eau argentine frissonnantes en une distance, glissantes, brisées, se recueillant vaporeuses.

Le miracle qu'on raconte, à l'église Saint-Nicolas, à Pétersbourg, d'un paralytique subitement guéri, d'après l'éveil donné en de précédents songes religieux du malade, semble une de ces lois affectives ignorées de l'entendement humain, l'entendement « ce faiseur de bruit » sans le sens des vraies intimités, disait sainte Thérèse. Et les pièces de monnaie tirées par la foudre d'un tiroir dans l'église et s'allant fixer en cercle autour de l'icône, ne se montreraient-elles pas telles que des filles rachetées rayonnant, humbles, de Celle qui efface les ternissures ?

Dans la vie de saint Gerlach des Bollandistes, un candide témoignage de certaines alliances pressenties comme déjà indélébiles dans même leur invisible : « Sainte Hildegarde, ayant appris par une révélation les mérites du saint ermite Gerlach, fut pénétrée pour lui d'estime et de vénération, et, comme gage de la félicité sans fin qu'elle devait posséder avec lui, elle lui envoya la couronne de fleurs dont l'évêque avait ceint son front au jour de sa profession religieuse. »

Un œillet mauve, d'une distinction de soir satinante en son fouillis froissé, décèle dans sa pâleur comme fardée le parfum piquant mais mûr.

Ce n'a pas été, dans cette rencontre, ces derniers jours à Lille, avec cette dame que je ne connaissais que par un de ses romans dont un personnage d'enfant m'avait séduit il y a deux ans, la déception des cheveux en fils d'argent au-dessus des tempes. Non, car ce pouvait n'être que mieux une relation d'invisible, durant encore malgré la rencontre matérielle devant la porte close en bois de la Madeleine au bout de la ville. La peine, la désillusion navrante la voici : cette dame, malgré son âge, avait la physionomie bien conservée, vraiment jeune, les yeux verts étaient comme des yeux de rivière, où passent les choses. Quelle vanité que cette rencontre, se continuant sur les remparts ! Et elle me disait : « Vous êtes triste, moi je suis curieuse de ce qui se voit... » A cela je ne pouvais pas répondre, je ne répondais rien. De son mari elle avait le vivant souvenir, mais son caractère à elle était ainsi, elle voyait gaiement et honnêtement les choses de la vie, le deuil n'entamait pas sa nature, bien qu'elle le portât dans sa mémoire de veuve. — Ce n'avait donc pas été un leurre, les trois messes de morts successivement, diversement entendues le matin, à l'église près de sa rue, et ma marche monotonement solitaire entre les fortifications arides et le canal fétide de la Deule. — Mais enfin, elle m'a conseillé le musée de la ville, elle s'est étonnée que je n'y aie pas été encore. Elle a donc été irréprochable. Oh! bon sens de la vie, qui ne supporte, ne suppose rien d'invraisemblable, de neuf, d'étrange. Et les pierres des remparts froides, grises, et les eaux du canal non plus ne disent. Et les soldats n'interrompaient pas, sur le Champ de Mars tout près et au large, leurs manœuvres régulières. On s'est serré la main en fin de compte, serrement un peu voulu, et je me suis hâté vers le musée, dont elle a passé sous silence la vraie beauté, deux primitifs du Nord, deux *inconnus*. Caresse lointainement présente de ces peintures, de ces vierges chastes ou succombées et repentantes, plus modestes peut-être. Une vierge d'Epiphanie, hautement fine en sa gaîne de léger velours brun encore clair, secret visage encapeliné dans une blancheur mollement bouffante, astralement perdue, visage aux paupières telles que des pétales pâles voilant, dévoilant les yeux de coulante lune si peu ovale, ah! cette vierge virginalement flexible, un peu penchée, mais d'une grâce fière! Et que l'un des mages, agenouillé et recte, impose, vieux chevalier approfondi par ses méditations de cloître! Contre un mur de citadelle d'orient, est posé un triple faisceau d'un noir charbonné, faisceau constellé d'un nimbe qui luit en soleil, cet or de la puissance sur ces baguettes de métal noir — sortes de bâtons cierges consumés des trois rois pélerins vers leur Dieu... Et la femme de l'autre tableau, sainte femme pardonnée, naïvement étendue de tout son long sous la table du repas, purement cette première fois à jamais, aux pieds de son Sauveur, sa tête est couchée, mieux qu'attachée, contre le pied doucement magnanime, oreiller de la douloureusement creusée, de la déjà sainte Madeleine. C'est peut-être cette figure de femme, sans le charme lucernairement glacial de la vierge d'Épiphanie, c'est peut-être cette pécheresse intimement pleurante en la superfluence de son cœur, ne serait-ce pas elle qui, mieux que toute autre, dorlote l'âme malade? — En wagon au retour, mon souvenir au musée relongeait, du Piranèse, la colonnade de marbre lisse et pâlissante dont la longue file insensiblement diminuée semble, immobile, s'enfuir. Et les moulins à vent dans les plaines tournaient toujours leurs ailes dégingandées; ils remuent et reposent, marquant une vague heure aérienne.

Aux messes matinales, seules véritablement symboliques, couve dans l'hostie, idéale victime purifiante, une pâleur évanouie d'aube.

Dans la salle des primitifs au Louvre je n'aurais, sans l'assistance toute discernante de Gustave Moreau, point pénétré l'entière beauté de la *Vierge glorieuse* de Filippo Lippi. On s'arrêterait peut-être d'abord défavorablement à la tonalité brune des figures. Mais justement cette tête de vierge en sphère un peu obscure s'hiératise. Surtout entre la mère et l'enfant le lien irrompu, plus qu'ombilical, se voit indiscernablement intime et formel. Elle s'ouvre et se tient en son fruit qui intégrant l'adorne. Et cette façon de le porter en bandoulière dit une coutume originalement jolie de femmes des environs de Florence. Thyrse sans artifice, alleluia ancien de la maternité... De la *nativité,* l'âne un peu étonné et malicieux et précautionné persiste dans son regimbant caractère; le bœuf, lui, est tout bon dans l'inclinaison de sa tête tournée vers le nouveau-né. — Dans l'*annonciation* d'Agnolo Gaddi, les mains croisées enfantinement, ces mains de la blonde vierge en manteau cérémonial de deuil, le deuil des péchés du monde, ces mains sur la poitrine de l'accueillante sont la pudeur même. Elles scellent avec grâce le cœur de l'élue. — Et le Saint Bernard mort de l'école de Giotto, entouré comme d'une floraison de ses religieux, Saint-Bernard patriarcal dans son cercueil damassé or rose transmigre, en cette barque berceuse, vers les célestes rives.

Les soirs, les nuits, en l'augmentante exigence des scrupules sur nous-même, en le souhait de nous transformer vers les spiritualités, s'aider de relectures de sainte Thérèse sur les différentes demeures de l'âme, sainte Thérèse plus tremblante de son démérite, s'effaçant toute, et incorporisée par delà les tortures, quand par un pur « don » Dieu abîme en Lui l'humaine volonté, et une humilité entière pouvant seule répondre à la vérité de l'illumination. — De son livre des fondations, une première nuit d'arrivée dans une ville où sainte Thérèse a jeté entre quatre murs infirmes la semence d'un monastère, je revois la sainte, tandis que les quelques autres religieuses dorment, se lever et regarder, par la fenêtre sous la lune, si les gens qui devaient veiller au sacrement dans l'infime nouvelle demeure inaugurée de Dieu, si ces gens veillent en effet contre les irruptions nocturnes possibles, s'ils veillent enfin devant la majesté du tabernacle d'il y a quelques heures. Et le lendemain, alors que la foule se pressera dans ce hangar consacré, la sainte et ses religieuses assisteront à l'office, comme prisonnières toujours, derrière une clôture de planches, elles entrevoient par ces fentes improvisées le sacrifice.

Ce matin de l'Ascension, sur un mur extérieur de Notre-Dame, ces petits tableaux de pierre non encore remarqués ont paru fasciner, avec leurs griffes diaboliques ou leur chaste piété. A un cercueil surtout, la végétation comme fossile des mains sur le drap mortuaire aux plis non figés, des mains des moines porteurs, ces bizarres palmes détachées, collées là étendent, héraldisent le dernier voyage. Puis, sur le fleuve d'un vert dolent sous les nuages, des hirondelles passaient, longuement vives, et leur inquiet bleu d'ombre métallique et poudreux faisait l'eau presque cajoleuse. Je resongeai à un Christ de l'école de Sienne à l'austère courbure de bois verdâtre aurifié.

Des primitifs, ce ne sont pas tant encore certaines attitudes surprenantes, si ingénument contorsionnées, que je recherche, cette Madeleine par exemple de l'école de Botticelli repentante et reptante ainsi qu'une tortue, ou les heureuses analogies, dans une descente de croix de l'école française, d'un chapelet de sang coulant du côté, d'une résille sanglante aux mains égouttant des glands rouges, non, ce qui s'enfonce en mon songe c'est, dans quelques physionomies d'une tendresse qui s'isole, la trace de l'irrémissible oubli de la vie, leur air, à ces insexuelles figures, d'exhaler une surnature.

Le charme de peinture fluidement hyaline, telle peut-être que de fata-morgana, des vitraux d'Albert Dürer à la cathédrale de Cologne, nous revient avec leur gris de vieil argent un peu jaune, où sur une trame absente semblent se suspendre, flotter des personnages endommagés dont le passé rêve.

A une flagellation du XIVe siècle de l'école française, ma compagne, cette après-midi au Louvre, a vu dans les plaies saigneuses des sangsues et dans le pagne humecté un correspondant feuillage d'hiver qui a croupi. — Mais quelque chose décompose et transporte en un effarement navré l'âme, c'est la sculpture de vierge italienne polychrome et la vénitienne de la fin du XVe. Ces deux jeunes vierges-mères ont une poignante exquisité de folie moribonde, la seconde avec ses cheveux absents suppose des ravages de fièvre, sa coiffe serrée, fuyante s'exalte froide comme ses yeux incurablement vagues, son front bombe en une altitude distante, tandis que sa main émaciée et fragile garde le cœur de l'enfant. La bouche, les yeux de la vierge polychrome, or, bleu, gris en un imperceptible lilas, clament non juste vers l'enfant, ahuris et suaves, et l'enfant détourné a dans la physionomie cette même crainte pressentante. Même vision sombre qui plane et sur elle et sur lui, les enveloppe, les reconfond sans que précisément ils se regardent. Auprès de telles transes d'amour défaites et rédivives, que sont même les ondoyances des arbres de Germain Pilon dans son Saint Jean-Baptiste!

Aux dessins, dans son cadre dédoré le profil de jeune femme du Vinci à la tombante chevelure retenue et légère est d'une blancheur blondie, se teintant on dirait d'être fanée, décevante délicieusement en sa semblance d'albâtre ancien. Ce galbe, ce regard d'un horizon finement noyé indique, prolonge le mystère atténué, raffiné de la pensée musicienne, oui subtilisante du maître.

Dans la fresque Lemmi des trois Grâces, le jaune foncé de celle le plus près de Giovanna aussi en jaune révèle la nuance de miel des noces mystiques, et les bandelettes et la prêtresse tout d'un côté disent une cérémonie de spirituelle alliance. Euphrosyne en blanc et bleu, dans une ingénuité sage, cette vierge a cette grâce souverainement sensible qui s'ignore. Et Aglaë dans sa robe verte à l'écharpe violette est la vie rachetée, vert d'ablution, violet d'épreuve; même auprès d'Euphrosyne, elle s'épanche charmante. Cependant ma pensée reste à la blanche et bleue de pudique mansuétude souffrante dans une présence moins vue peut-être que sentie.

Dans l'autre fresque des Arts libéraux, au scorpion sur les genoux d'une des sept femmes, à l'animal se joint l'originel signe sidéral du mois d'automne où les semailles sont déposées dans la terre, où les germes se recueillent en un dormant silence avant les incertitudes futures, signe qui marque le début couvant des venimeuses passions, des mortelles tragédies. Le scorpion est aussi son propre antidote, l'huile où se macère la bête écrasée. « Qui perd sa vie la sauve ». Et le visage de la jeune femme dans son voile demi-clorant d'orientale, à la robe d'un jaune orangé de lumière vengeresse, laisse glisser de son rôle une hybride, vacillante ironie.

Un saphir étoilé, à une vitrine où nous ramène un œil de chat fascinateur, cette pierre rare d'un bleuâtre refondu dans une vapeur blanche, ne serait-ce pas l'hyacinthe azurée que Solin dit précieuse aux bons et défavorable aux pervers? Et on songe que, lorsqu'avant de mourir saint Grégoire le Grand, ce pape veillant, fit transmettre par leur mère une hyacinthe aux enfants de Théodelinde, c'était là une injonction supérieurement et purement profonde qu'ils n'eussent point à chanceler, comme la glorieuse et dévouée reine des Lombards, dans les luttes religieuses.

Dans l'eau-forte *Adam et Ève* de Rembrandt, l'arbre draconien, le drachenbaûm germanique est le génie de la scène. De la bête mythique ne se voit qu'un tronçon de queue longue, une patte s'agriffant formidable, coriace et flasque; le corps rampant, tortueux, s'embusque à l'arbre gigantesque. De l'autre côté de l'arbre non plus édénique qu'on sent monstrueux, sans nul abri, arbre dont il convient d'éviter l'ombrage, une tête retombe qui d'abord ne s'explique point, pareille à une mortelle racine suspendue de mandragore. Tête d'homme, de dieu, de démon? mais l'aile démesurée de chauve-souris qui l'obombre ne laisse plus de doute sur l'idole impure. Et tout le règne de la curiosité, de la ruse, de l'envie défiante triomphe dans cet arbre vivant en un rêve prodigieux, halluciné et sourd. Le couple du premier ancêtre terrien de l'homme gît sous l'étreinte du serpent, déjà il ne s'en désenlace plus, et l'éléphant de l'orgueil lève sa trompe hideusement dans un lointain proche sous l'arbre, sous la tête maligne. Nos premiers parents n'ont-ils pas péché par où chacun de nous pèche soi aussi dès l'enfance ? La trompeuse figure du tentateur, ç'a été l'image, l'écho que l'homme se renvoie de soi à soi. Il s'est vu nu, c'est-à-dire il s'est vu lui-même, s'est préféré à tout, conséquemment il a eu honte. Se détachant du Principe, ne cherchant partout que son propre reflet, il ne devait plus trouver que la pomme de discorde, le masque de son personnage.

Le signe de bénédiction, les deux doigts l'index et le médian levés, et les deux suivants baissés jettent derrière eux une ombre immonde : la corne fourchue sur la face d'astuce infernale.

Sirius, que désolément je n'ai plus vu

7.

ces nuits nuageuses, serait-il, selon que les anciens d'Asie le croyaient, serait-il, pour nous encore, la porte gardienne du ciel? le signe perdurable du Chien?... Que ne savons-nous lire dans les hiéroglyphes scintillants! Mais dans mes mains je vois des croix, non des étoiles.

Une jeune fille devenant, le jour de ses noces, veuve, vierge encore, ne se devrait-elle pas, à ce signe de deuil dans l'impeccance, vouer au blanc, le blanc avec lequel j'ai vu ensevelir les morts à Naples, le blanc modeste des sereines presciences?

Elle me disait avoir rêvé encore de ma mère. Nous étions au cimetière éclairé par une lueur comme de veilleuse. Le bout de *sa* robe que je tenais s'allongeait excessivement, et je me distançais d'*elle* à mesure mais sans que nous nous quittions. Et nous ne pouvions plus sortir du cimetière.

Dans un autre rêve, *elle* a vu trois hosties-soleils étincelantes et douces, se dédoublant et rentrant trémolantes chacune dans leur triple unité.

Le roseau, sceptre humble du Christ dans sa Passion, paraît tracer en une pâle clarté verte sa frêlté perçante. Et le buisson d'épines, une rhamnée, le couronne d'un talisman aux anneaux s'entremêlant aigus dans leur pourpre.

Certaines tendances latentes ne se prouvent-elles pas innées? et elles permettent de se retrouver, de se prévoir, dans le perdu du passé, du futur. Reconnaissance songeusement consciente.

De notre carte astrale, la planche d'Orion nous réattire avec effroi. C'est quelque mâchoire, quelque serrure extravagante. Les ancêtres de Mésopotomie la jugeaient « resserrante ». Une sensation de constriction vient à la considérer dans sa malgré tout permanente brume immense, échevelée. Et dans cette brume se configure d'autant plus insoluble sa mécanique se reclorant, ne semble-t-il pas qu'on saisisse dans les constellations une genèse macabre ?

Du mauvais larron d'une crucifixion de Jean de Cologne, sur ce vieux papier gris un peu fumé, nous regardons fréquemment la posture de protestation, une prosternation encore! et sa longue chevelure retournée, à l'insolence odieuse. Son restant de force, il n'en use jusqu'à la dernière minute que pour le mal, manifestement il se damne lui-même. La victime qui se meurt attend en vain la bonne volonté de l'homme sinistre.

Et d'un Aldegraver, l'êve se détourne du cerf secourable qui empêcherait le colloque funeste de la femme et du serpent. Cerf dont le bois se renouvelle, et ne se plaisant qu'à se désaltérer aux eaux vives, à assurer une jouvence. Mais la chevelure d'êve s'étale débordante.

Au bois de Boulogne est un petit étang remémorant on ne sait quoi de la Bretagne. Sur l'eau morne, des gonfles moisies étonnent de ne pas crever. Une tranquille, cependant saturnienne mélancolie retient. Et des hirondelles au costume de veuves continuent leurs circuits au-dessus du miroir mal poli, aux marbrures léthargiques, et les petites ailes aiguës, délicatement obscures, grisent le chagrin d'un indéfinissable désir. Et aussi deux cygnes noirs aux becs roses se font entendre, mais si plaintivement, presque innaturellement, qu'on suppose réelles les métempsychoses.

Demander à Dieu autre chose que lui seul, c'est l'outrager. — Chez les premiers Perses, épris de toutes les puretés, il était « défendu au sacrifiant coiffé d'une tiare couronnée en abondance de myrte », la plante des compassions, selon saint Grégoire le Grand, « d'invoquer en son seul bénéfice ».

Dans la Passion d'Albert Dürer, on est ému par delà l'histoire par ce Christ ni beau ni laid, ni jeune ni usé, homme-type, Adam se régénérant dans les douleurs. Ces planches d'argent fluidement frigidifié mirent l'Occident germanique, sa féodalité aux ampleurs abandonnées. Et aussi dans ce Christ se traversent, se réharmonient les âges. N'a-t-il pas d'un Prométhée à la colonne? c'est peut-être surtout le Dionysos d'éternité. En les voûtures, les affaissements, les rejets plus élancés du personnage de la légende, se marque une stature, une grandeur sans bornes. La séduction des sens, toujours scabreuse, s'est rentrée dans l'esprit de cette passion. Ce Christ parachève la primitive victime, Abel, il transfigure Zagreus.

Été.

Cette lumière glacée et *halonée* de la lune, de cette lune pas toujours bienfaisante, inquiète décidément de retenir plutôt peut-être par sortilège. Elle n'est pas par elle-même, et la lumière qu'elle dérobe au soleil, elle l'altère, elle nous en couve comme d'un doute. Quelque langueur mal assortie, presque parfois condamnée, s'étend sous la lune sur la forme spectrale de certains hommes. On voudrait passer hors les atteintes de la fausse divinité vers les régions assainissantes, rassérénantes de Sirius. Enfin, ces soirs, sur notre table s'élèvent, s'épandent complaisantes les blanches figures de deux pivoines, entre elles s'ouvre moins une pâle rose flave plus odorante, à la senteur trempée. Têtes non altières de ces soyeuses fleurs, autrement belles que celle coupée et démente de l'astre dont il semble que tombe, à des nuits, un crêpe blême.

Notre reflet nocturne dans les glaces nous dévisage fantastiquement. — Et, alors même qu'à de certains moments de la vie, en un recoin de nature, notre ombre s'allonge auprès de nous reliante, sa présence garde une équivoque.

Sur les eaux comme très anciennement troubles, festonnant d'un nimbe obscur l'îlot de nénufars, ces moites fleurs entre les cercles de leurs vertes feuilles lavées apparaissent, reposent avec une grâce naïve dans leur blancheur. Ineffables fleurs s'absorbant subtiles, et auxquelles on ne touche pas.

Le serpent, tacheté et habile en variations, adoré autrefois comme igné, ne redéroule et replie sa spirale magnétique que pour se retrouver perdu en lui-même.

L'Euphrate fleuve du « bon passage, » contrastant dans sa tranquillité sinueuse avec la précipitation directe du Tigre, et dont l'eau si douce s'est faite proverbiale au cœur de l'arabe, entretenait au haut des jardins de Babylone les cours d'eau symboles de ceux du paradis.

Ce matin, à un endroit peu fréquenté du Bois de Boulogne, avec des odeurs grisantes de foin coupé, séché, tandis que les nuages revoilaient la nature et que les verts des arbres se pâlissaient dans une étrange lumière revenante, on se serait cru bien loin en arrière, je revoyais soudainement quelqu'une pas revüe depuis des années, et voilà que deux gardiens, devant qui je passais lentement, prononcent le nom que je pensais, ou du moins je crus tout à fait entendre ce nom resongé, et les feuilles d'un haut tremble remuèrent, puis leur bruissement comme répondant à mon souvenir s'est tu plus vite qu'il ne s'était élevé: Oui, c'était une réponse, ce zéphyr des feuilles. Sitôt cessé, la présence de tout à l'heure avait disparu, je me ressentais plus péniblement seul.

Au bois un autre matin, je m'apercevais plusieurs fois entouré, accompagné du joli voletement comme zézayant de papillons blancs.

Spécialement dans l'île sainte de Tyr, la déesse stellaire recueillant l'astre tombé du ciel, le soleil du soir, cette religion a été d'une lumineuse et touchante, presque sévère volupté. Vénus ne s'allume-t-elle pas au moment où semble mourir le soleil, ne le recueille-t-elle pas avec une piété familiale dans sa lueur de luciole? elle serait, selon les plus reculées et vastes traditions, la vierge enceinte très purement du dieu. Ces fleurs de l'azur vespéral, du ciel d'argent des mythologies, l'homme en les contemplant s'est un instant débarrassé de son étroitesse et haussé vers les rayonnements ambigus de l'invisible.

Hier matin au Bois de Boulogne, dans un chemin enverduré et isolé, m'arrivait tout à coup un bruit de musique militaire dérangeante. Notre caniche noir non plus ne se déclarait avec franchise que mécontent, et son ululation lente et prolongée, non discordante avec cette fanfare, se faisait solennelle lugubrement. Puis pourtant, ce bruit guerrier sans la vue d'un seul soldat personnifiait l'excitation entraînante, soutenue des masses. Ce bruit tournait singulier, mal distant, se rapprochant, il tournait, retournait fatal. Et, débouchant sur la plaine devant les collines de Saint-Cloud, je vis le fourmillement de métal des casques de cavalerie au-dessus des cavaliers immobiles et massés en un compact silence. Sur un cheval blanc l'officier supérieur se détachait en avant de la phalange. Elle durait redoutable dans la verte plaine. Des rappels presque sûrs, d'un lointain passé soudain résurgi, m'ont assailli. Je compris, nettement pour la première fois peut-être, comme les réprouvant, les enthousiasmes attractifs des légionnaires, des peuples pour un grand capitaine, les races entraînées à la conquête d'un pays éloigné, enchanteur. Hannibal, l'héroïque martyr de Carthage, me rehantait, et d'autres, le grand blond chevaleresque Gustave-Adolphe, et enfin et de préférence le nomade et lyrique Hadrien.

A notre fenêtre cette nuit, Jupiter nous a paru plus mauvais, dangereux de fixité dans sa lueur sourde comme de mort. Et, sous l'étoile polaire, on se trouve plongé irrémissiblement dans un fond de puits.

Lucerne.

Des matins, aux cabanes des animaux aquatiques sur la Reuss, nous remarquons des poules d'eau jacasser avec discrétion le long des grillages, plonger à diverses reprises leur tête seulement, se toucher l'une contre l'autre de leur tache blanche en lozange sur le front, se faire des révérences, accomplir en des lenteurs particulières et en silence comme un rite, puis se séparer avec dignité.

A la chute du jour, on rencontre sur les chemins des insectes qui se hâtent vers une retraite, craintifs comme en une mélancolie de l'heure tardive.

La singulière petite personne en bleu,

diaconesse et gouvernante, un bébé à la main, anglaise de nature mate sans précisément de maigreur et au sourire du visage d'une tranquillité étrange. Avec ses cheveux blonds follets et ses petites oreilles comme échappés entre la capote et le col blanc, elle a un sens d'un bleu de pâleur moins douce qu'intérieure. Ses sourcils légers semblent presque obscurs, et dans sa marche on ne la discernerait pas bouger.

Automne.

Au bord de l'océan, le vent passant dans les pins semble une apparition indéfinie de foule, grande foule douce sans rien de la tumultuante humanité. Et cette foule de l'air s'écoule innombrable, son rhythme par moments la rejoint éperdument au loin. A cette heure matinale, les eaux moutonnent embrumées, sous un ciel dont ne se dégage pas l'azur. Les dorures de l'horizon oriental se verdissent des cimes de la forêt où elles entreluisent. A des crépuscules du soir, le ciel peu à peu se transverbère de blonde lumière mourante.

Fraîcheur éthérée des aubes aux gris douteux où vacillent des repentirs.

Un acteur qui meurt fou, c'est-à-dire désincarné de soi à ce point qu'il ne se retrouve plus, cette finale inconnaissance de soi chez l'évocateur enfiévré des figures mortes et en lui revivantes, n'est-ce pas d'une sombre et réelle poésie? sorte de souveraine charité dans un phantasme.

Satan, dans son étymologie, signifie

existence, et vraiment tout le déterminé, étant par cela même une division, ne peut-il pas, en un sens métaphysique et religieux, être considéré comme satanique, comme privé d'absolu ?

Nous resongeons ce soir à une tête de papillon empoudré, gardé vivant hier, dont l'illusion, par le blond brûlé de sa nuance, par sa figure paisiblement taciturne, d'être une chouette minuscule nous étonne encore.

Aux doubles crépuscules, les lueurs passagères peuvent-elles jamais laisser insensible? O vierge-mère, glauque et noire et rose, qui meurs et renais de toi-même, qui nous assistes alors que tu défailles ou que tu t'éveilles à peine de ton humide nuit!

Une femme du peuple encore jeune faisant un faux pas, nous la voyons se défendre prestement de s'être fait mal. Pourquoi, nous demandons-nous, a-t-on ainsi l'air, d'habitude, de ne pas vouloir paraître blessé, d'être plutôt gêné, de rougir, quand on tombe en public? est-ce l'orgueil, la bête première, qui aussitôt reparaît? n'est-ce pas, plus au fond, quelque honte, une pudeur, l'instinct faillible de notre pauvre nature se reconnaissant et se troublant, s'embarrassant comme en un aveu échappé?... Et nous reparlons avec une angoisse des formes contredisant la Providence, des araignées hardies et fuyardes — ces pieuvres de l'air! C'est, ces formes au rayonnement ténébreux, tout en reprise, la divinisation de l'égoisme, les confins donc du néant même. Mais une bébée de deux mois nous a fait nous tenir un temps devant une maison, l'emmaillotée à la chair de lait comme se mouvant en dedans, aux yeux brun-vert brumeux non désemplis de l'originel mystère, au crâne si délicat ponctué d'humeurs. Et quand le regard de cette enfant se posait sur nous, nous nous sentions nous inquiéter indéfinissablement malaisés et respectueux, et à elle-même son cerveau, son front se plissait, chercheur vague qui voudrait déjà, tout de suite saisir, et ses yeux et ses petites mains se serraient se refermant, et toute la tête, tout le petit être se convulsait se retournant pleureur contre l'épaule de sa porteuse.

En wagon, un bébé de cinq mois, le teint d'un blond aqueux, les yeux d'un bleu infini dans leur limpidité noyée, était très préoccupé de sa main gauche qu'il remuait devant sa figure, comme s'il s'étonnait de se rencontrer, de se reconnaître dans une limite de lui-même. Un instant il me donnait un sourire presque aussitôt se réoubliant. Et c'a été des bégayements gazouillés et des gestes de s'élever, il semblait dans un rêve dont trébuchait l'éveil anxieux, mignon.

Fin d'octobre, Florence.

Aux Uffizi, l'ange de l'*Annonciation* de Simone Memmi, la robe scintillant d'or bleui dans les plis, à la main le rameau d'olivier où s'allonge l'index levé, cet ange a comme la vierge un rose visage cendré de vert, il est le messager providentiel mais avant tout discret, et elle en son retournement étrange sur elle-même qui se voudrait disgracieux, les doigts d'une main remontant flexibles jusqu'au col, se montre mal surprise, instinctivement défiante, et avec ses sourcils amincis rapprochés et sa mince bouche aux coins retombants elle paraît indolemment boudeuse. Entre eux, un lys à plusieurs branches surgit d'un vase dont flambe l'or rouge, lys aux blanches fleurs baignantes en une ombre tendre. — D'une *Annonciation* d'Agnolo Gaddi, auprès, les courbes du bras, de la main indicatrice de l'ange, et du corps et de la robe si adhérente de la vierge, ces courbes décidées, rapidement légères, et aussi chez l'un et l'autre la minceur glacée, se compliquant peut-être d'une primitiveté androgyne, rappellent le mythe occulte, non éteint, de l'accord privilégié des fils des dieux et des filles des hommes. — Ces innées pudeurs, sitôt s'alarmant, de la Vierge rassasient, exaltent de sa beauté timidement close.

Dans les *Obsèques de la Vierge* d'Angélico, Marie apparaît longue à ne plus finir et plus fine, dans sa robe bleu-pâle. Le visage de cire vierge, que n'a pu même effleurer la mort, a une idéalité ravie. Les mains, la prière les a laissées jointes. Et la Vierge semble doucement fondre toute en sa longueur de stalactite.

L'Adoration des Mages de Vinci étonne comme une ébauche grande, déjà minutieusement forgée et extrême, un dessin s'illuminant dans un couchant de prophétie très attendue. Les rois, tels que des vulcains, leurs mains chimériquement corrodées contre le front, s'éblouissent d'adorer. La tête de la Vierge a un air d'aïeule d'une science achevée. L'enfant Jésus tend le bras avec une gentillesse condescendante vers l'offrande d'un des rois qu'il regarde, il la veut toucher en une relation voilée.

Novembre, Paris.

Pourquoi une affreuse fièvre solaire m'a-t-elle chassé, au bout de sept jours, de l'admirablement chère Florence ? Ces sept jours déjà s'isolent délicieusement sublimes dans notre vie. Nous nous revoyons entrant dans ce long corridor des Uffizi, et chaque fois plus heureusement soucieux, diversement aimant des physionomies de ces vierges primitives.

La Déposition de croix de Giottino nous fixe désormais de la profondeur éplorée de certaines de ses presque fiévreuses figures. Les saintes femmes agenouillées, penchées soutiennent, enveloppent le Christ à demi étendu dans sa paix désendolorie, elles n'osent, ne peuvent lever leurs visages contractés en une gémissante intimité inapprivoisée, leurs yeux en pleurs se serrent à ne voir plus, il éclate qu'ils n'ont pas le courage de contempler le Sauveur là sans vie dans leurs bras. Et leurs chevelures déroulées se crispent, sensibilisées. La tête du Christ reste égrenée de pâles gouttes purpurines. Émotion unique de la tonalité de cette peinture d'un blond-roux calmé, de la nuance du liber de l'eucalyptus. Aux pieds du Christ, près d'une religieuse elle aussi à genoux, une jeune fille dans sa robe gris d'érable en gaîne regarde étrangèrement juvénile.

En ces Annonciations, il est des étonnements, bien plus que des curiosités ou même des appréhensions, surtout des dispositions effacées, des attentes charmantes et infinies, des façons confondantes par leur simplesse d'être l'un en présence de l'autre et de ne se pas voir, ces vierges et leurs anges demeurent en une dépendance ingénument étrange de l'Ineffable — leur indivisible. Même dans une Annonciation un peu lourde de l'école d'Orcagna, les deux personnes sont si spécialement dans une impossibilité, non pas une gêne, oui dans un oubli religieusement innocent de se regarder l'une l'autre; l'Esprit est entre elles, la communication s'accomplit en la grâce d'un silence humainement aveugle. A une fresque de Santa Maria Novella, la vierge d'Agnolo Gaddi reçoit dans sa petite case la nouvelle angélique. Cet air de n'en pas revenir, de ne pas comprendre! elle est confondue, et ses mains, tandis qu'elle s'est levée précipitée mais si douce, restent sur son sein en une apparence de bénitier où l'on puise une eau pure. Au bas en de moindres scènes, c'est le bœuf et l'âne à genoux devant la crèche, c'est une petite vierge, une *parvula,* de ces figures réduites et si retenantes par leur air indéniable de vérité non point littérale, plutôt confusément, universellement intime.

Et des vierges avec l'enfant, aux mains en coquille, en pattes de crabe, mains, gestes qui s'accolent, étreignent, en des maladresses avenantes, vierges aux gauchissements d'un naturel tout inattendu, aux cols anguinés, aux yeux qui voient en une passiveté tels que des lentilles de vitrail poussiéreuses, yeux qui semblent oubliés : celle-ci, une grande vierge de la nuit, son enfant lui embrasse le cou, on n'aperçoit que les doigts de cette main enfantine revenant sur la bordure d'or du capulet sombre de la mère; le visage de l'enfant la regarde avec un sérieux filial, elle dont l'œil attristé se lève un peu de côté. Cette autre vierge, l'enfant boucle de la main son annulaire, doigt en communication directe avec le cœur. Cette autre encore du XIVe siècle, l'enfant sage la tient un peu à son manteau noir doublé de vert; elle le regarde comme en présage, elle a à la tempe lumineuse au coin de l'orbite en pénombre un sourire, pénombre se prolongeant en virgule retournée presqu'obscure dans la tempe. Une autre vierge, visiblement maternelle, du XVe a une robe d'un beau blanc lilas entre les ténèbres d'azur de son manteau. Cette autre, du xve encore, a une rose à la main, l'enfant une hirondelle; la figure de la mère, un peu de pâle albâtre, est comme scindée en large par les longs yeux évasés qui fuient s'effilant, presque déjà dans une ironie, et ce visage ne semble plus s'allonger en les premiers rêves, il n'est plus absent. Une autre vierge antérieure, d'un toscan inconnu aussi, nous réattirait, dans son manteau bleuâtre, avec son visage d'aurore dont le contour joliment se courbe, s'amenuise, se ferme au menton de grâce un peu mutine, plus dolente, et à la main sa rose vraiment mystique. Si elle est mère, cette vierge, c'est à son insu, elle ne nous a pas paru avoir, en sa jeune maternité, pénétré le mystère de l'être.

Des *couronnements de la vierge,* un Cosimo Roselli où le Christ, tel un peu qu'un porphyrogénète et un pape, pose si attentionnément la couronne triomphale sur la tête de non pas tant sa mère qu'une jeune épousée. La robe sous cette tête de vierge confiante et réservée paraît plus précieuse, robe de satin blanc constellé et violi d'une pâleur dans les plis, les ombres, d'une pâleur de violettes de Parme. Je tournais autour de cette robe magnifiquement assagie. Et cette autre vierge d'un toscan inconnu du XIVe, à la robe blanche fleurie noyant une transparence, un peu verdie au corsage, le visage de cette vierge se revoile dans le rose attendri qui monte du cou, les cheveux blonds verdis ondulent sur la nuque lisses, chétifs, cette vierge inclinée très modestement sous la délicate surprise d'être couronnée n'est pas du tout une mère. Les poignets l'un sur l'autre cerclés d'or mat forment le fond de la courbe des mains s'en allant relevées en une innocuité.

Dans *l'Annonciation* du Vinci, l'ange sous son grand front et son bas de figure affiné est soumis, déférent, il n'apprend rien à l'être hors sexe qui tient l'index appuyé sur une page sibylline. Cet être aux cheveux argentinement frisants, au front de sérénité, au menton cette fois nettement découpé, apparaît d'essence nativement voyante. Mieux que l'annonciateur ici officiel et en comparaison simple, il connaît ce qui doit venir. Mais ne regrette-t-on pas la Marie des modestes languissances? Il subsiste on ne sait quoi de stoïque dans cette peinture, où les cyprès s'érigent moins funéraires qu'éternels, où les hauts glaciers du fond transparaissent non pas dans un mirage.

A un pan de mur rencogné, au cloître de Santa Maria Novella, s'est déteint, s'écaille la *nativité de la vierge* de Giotto, elle recule significativement en deçà d'elle-même avec l'enfant emmaillotée à l'égyptienne, avec les engaînements placides des femmes, avec cette sourde interrogation durante des attitudes, des coiffures. Naissance initialement ensevelie.

Du *mariage mystique de sainte Catherine* de Benozzo Gozzoli aux Uffizi, les yeux de pâleur affectueuse de la Vierge demi-ouverts sous les arcs distants et fluides dans la carnation de ce visage penché à peine et d'un rose-jaune fondant où se meut, que gonfle la spiritualité, ces yeux se baissent sur l'enfant dont la main passe l'anneau au doigt de la sainte finement raide, froidement pure. Trait d'union s'allongeant, ces mains tendues de l'enfant et de la sainte! et le point de départ, on le sent dans l'inclinaison adoucie et attentive du regard de Marie dont les longs doigts, à elle peut-être plus encore, ont une distinction intérieure caressant sans chair.

Sainte Cécile, cette sainte qui, le jour fixé pour les noces, portait un cilice sous ses vêtements dorés et repoussa le mariage, car sur son corps gardant sa fleur a veillé toujours un ange de Dieu, cette chaste vierge qui ne reconnut pour parents que les purifiés pouvant voir les visages des anges, sainte Cécile que, dit la légende, le bourreau frappa trois fois sur le cou sans pouvoir le lui trancher et, comme il était défendu de porter un quatrième coup, laissa sanglante et à demi morte, on la retrouve sans illusion sur un mur de la sacristie de l'église del Carmine dans la fresque détériorée de Taddeo Gaddi. Elle apparaît là dans un affaiblissement résurrectionné, sanguinolente et blanche, d'une blancheur blêmie en sa survie de morte très pure; son triple collier rouge découle en filets le long d'elle infléchie. Les bras s'ouvrent, les mains inertes, cependant comme dégagées, toutes bonnes, la tête surtout s'est guérie célestement, tandis qu'au bas de la robe un cercle de mains de jeunes néophytes se tendent, adhèrent, fervemment paisibles.

En entrant à Santa Croce, à la première colonne, un bénitier de marbre blanc, du moyen-âge, vasque ou barque au-dessus de laquelle se contourne, en une élégance amaigrie, une torchère en fer forgé, dans ce bénitier l'eau sainte prend une ancienneté. Et la torchère, serpentant maintenant à vide, sans flamme, au-dessus de la barque marmoréenne, semble se contordre en un reproche dur de l'oubli, dans la cité étrusque, du culte du Feu, ancêtre de tous les cultes. Et encore à la colonne se déploie une chape de marbre jaunie, fouillis de ramages d'un gracieux inextricable.

Dans une des cellules du couvent de Saint-Marc, cellules froidies et que j'ai souffert de sentir évaporées de leur sainteté des temps d'Angélico et de Savonarole, la peinture fanée, seule habitante de chaque cellule, était une *présentation au temple*. Mais quelle Marie que celle-ci! déjà le grand-prêtre a un charme d'inquiétude pleine de précautions, un charme grand paternel, lui qui tient dans ses bras l'enfant strictement enlangé. Laissons-le cependant, lui, si traditionnellement sacerdotal sous sa mitre, sa longue robe à plis droits, sa barbe longuement scindée et tombante, laissons-le de préférence dans son regard se compassionnant sur l'enfant que ses belles mains tiennent avec toutes les piétés. Je ne voudrais me rappeler toute entière que Marie : et vierge et mère elle ne voit que son enfant, elle s'ignore à jamais, c'est dans un élancement adorable une apparition de religieuse debout dont le voile, la robe figurent la suprasensibilité. Cette Marie d'Angélico tend dans une crainte unique ses mains, ses doigts d'une finesse d'aiguilles, elle les tend comme si à travers l'air elles touchaient le petit être, la tête profilée de cette mère divinement aimante a sa fixité en lui.

Des yeux de vierges de Gioyanni da Milano, au cloître del Carmine, yeux en longs pinceaux, on les aperçoit percer entr'ouverts dans un loin. Ces yeux mollis entre les paupières près de se reclore et qui tout de même vous suivent et péniblement, doucement harcèlent, ces yeux de mystique langueur dans ces têtes courbées en un indéfinissable écart natif ne sont qu'à quelques mètres de matérielle distance d'autres yeux, si entièrement différents, de moines de Masaccio, moines presque effacés dans leurs blanches robes verdies, brunies, moines dont la vie se condense éclatante en leurs yeux d'incessante présence, observateurs, assurés assez, gardant une entendeuse ironie. Ces deux patries de regards si rapprochées et si diverses sur le même mur, sous cette galerie de jardin de cloître où se promenait un chat âgé non affable, sans fausses timidités, chat tranquillement douloureux ne refusant pas, à nos avances, de présenter ses plaies, ces deux patries réunies et opposées des yeux des vierges et des yeux des moines ont un attrait décevant mais sans déclin. Yeux de ces vierges qui glissent lovés !

Vierges et Madeleines, florentines de la campagne, les femmes de Luca Signorelli aux concentrations ardentes, et religieuses et humaines, se témoignent d'une gravité presque un peu obscure avec leurs cheveux roux brunis. Une Madeleine embrasse la croix avec quelle conviction chagrine et pénétrée ! ce bilieux caractère de l'embrassante, une piété franche le retransforme en de l'amour plus dévoué. L'enfant d'une sainte famille se met à part envers saint Joseph, pour lui ce n'est pas le père véritable, pourtant le geste d'accueil, d'acceptation et un peu détourné est d'un bon ton joli. La vierge peignée non coiffée, les bandeaux bombés et négligés, lit studieuse dans un grand livre sur ses genoux, à terre il y a encore un autre livre. Le paysage où la famille fait une halte s'effume, la laisse insoucieuse des apparences. Assise dans le champ, cette vierge d'un lustre tombant triomphe de la pauvreté par l'étude intense.

A l'église Badia, la vierge de Filippino Lippi apparaissant à saint Benoît dans une thébaïde, grande et mince vierge encapée, un voile arachnéen sur ses cheveux unis, confond, tant elle semblerait plutôt une écouteuse docile de la parole de l'ange Gabriel, oui plutôt que l'explicatrice du texte de saint Luc ouvert devant le moine qui s'imprègne de cette présence de paradis. Le Livre est l'intermédiaire pieusement vénéré. Et si des mains souples et chastes de la vierge l'une agrafe le manteau sur la poitrine, l'autre joue sur les feuillets en un accord.

Dans la *Circoncision* de Mantegna le grand-prêtre attend avec une bonté savante, tandis que l'enfant se resserre à sa mère. Elle émeut, toute droite, la tête basse, dans sa haute peine rentrée, sans courage devant les épreuves qui commencent pour son enfant. Perfection grandiosement contenue de cette mère enveloppée d'un manteau de velours fauve. Derrière elle, une autre mère tient par la main son enfant qui regarde en souvenir vers l'étroit couteau du grand-prêtre.

La madone à la grenade de Botticelli environnée de ses anges est une grande dame, dont l'air a comme un voile qui traîne au centre d'une cour de courtoisie élégante et avisée. La signification dernière de la moue nostalgiquement s'enfonçant en nous de la madone aux épaules fluentes, je souhaiterais la définir en l'indéfini de sa lassitude qu'on sent s'éloigner non pas désappointée, non pas s'abandonnant. De ce regard qui ne tient pas à regarder et d'ailleurs reste d'une bienséance démontante, de l'interne de ce regard se coule dans l'ondulante physionomie une nonchalance amère.

Maintenant, jusque parmi cet art florentin, faut-il l'avouer? je n'ai été réellement consolé de mon absence du Nord qu'en retrouvant, recontemplant des Memling, des van Goës. A part même ces détours des paysages halénés de Memling d'un brun jaune velouté, refondu, où des cygnes voguent en un diminuant prolongement, à part les dossiers droits et comme de cuir de Cordoue de van Goës, il fuse dans les vierges de ce dernier — celle surtout de la galerie Corsini, la merveilleuse vierge! une blancheur du visage, du grand front élevé, créant aussitôt, laissant à jamais une confiance souveraine. Par cette blancheur lactée, longanimement pure, par ces yeux plus grands dans leur naïveté même à qui ne naît l'idée de se cacher, van Goës ici serait l'égal de Memling, du peintre sensible et calme des cols frêles, des têtes un peu en bulbes et d'une finesse de pelure, des longues chevelures fragiles de cristalline blondeur, des carnations et âmes lénifiantes vouées à presqu'une sainteté délicate sans maladie. Et je songeais que peut-être en Italie les seuls personnages de Benozzo Gozzoli s'allient à ces végétales vierges des deux maîtres des Néerlandes, Gozzoli plus savoureux, triomphant dans la pénombre de la chapelle Ricardi en harmonie d'aménité avec les attitudes princières rêveusement, languidement cheminantes. — Et encore, à un coin d'une crucifixion de Frument Niccolà, une Madeleine dont l'ulcération de son cœur est montée à la maigre figure sanglotante, femme surhumainement brisée en ses pleurs. Jusqu'à sa robe qui défaille en une nuance d'églantine morte.

Dans la sculpture, Vinci n'a-t-il pas

eu comme un frère antérieur en Luca della Robbia aux ovales d'une délicatesse refuyante, aux anneaux se désannelant au long des figures un peu et flexueusement longues, aux festonnements des lèvres voluptueusement évasives, à toute l'apparence obliquement sise, étrangement sourieuse de ses jeunes femmes? et l'émail de ces terres cuites, en leur blancheur mensongère, paraît répondre aux appels défléchis s'insinuant des vierges mal virginales.

De grand matin, des bords de l'Arno terreux, d'une pénurie d'eau sournoise, traversant la cité en une lenteur quasi champêtre, semé en bas des quais d'un vert joncé — berges indécises, on entendait, plutôt de l'autre rive où quelques coupoles s'élèvent dignes et simples se confinant dans leur vieillesse, des sons d'une cloche grave, comme venus des monts, d'une plus près, allègre, *glandillante,* d'une autre, de la chapelle voisine sans doute, en retard, basse, pressée; puis, une autre encore, un peu plus loin, quand les autres avaient fini, reprenait dans un grelottement d'argent, tandis qu'au ciel se dissipait l'aurore.

Mais, à la vêprée, un charme mortel s'exhale de cette atmosphère florentine d'une si mélancolique poésie. La terre subitement se glace du soleil disparu qui tout le jour l'a brûlée, elle s'évanouit, à travers la magie vaporeuse de ses luisantes ténèbres, dans une fièvre algide. Et ce baiser transi de la nuit, auréolée verdâtrement de livides larves, n'a-t-il pas été emblématisé dans la tête de la Méduse aux Uffizi, interprétée d'inégalable sorte par Shelley, tête désespérante dans l'entortillement grouillant de sa chevelure vipérine, dans la proximité vireuse de bêtes sans nom qui voletent et rampent, dans la suffocation méphitique de son haleine montante, dans la pallidité de son visage renversé, de ses beaux yeux révulsés? Malgré tout, cependant qu'ils s'éteignent, ces crépuscules du soir à Florence, n'a-t-on pas quelque remords de ne pas soudainement mourir?

Sous cette latitude de Paris, les brumes du matin seraient conformes à ma rêverie quand, dans le ciel flottant et ample, elles apparaissent de gaze, de perle diluée. L'autre jour, des Champs-Élysées avec ses verdures d'un roux passé, d'un brun rose atteint de relevantes rouillures, nous considérions, de bonne heure, au delà de l'obélisque compact et rose, comme une ombre de lui, grandie gigantesquement dans les airs dont elle semblait se traverser; cette transformation brumale, presque un peu mouvante, de la raide, laide cage en fer, faussement à jour, qu'on nomme la Tour Eiffel, cette métamorphose haussée aériennement et rapetissant le monolithe d'Égypte nous stupéfiait, à nouveau si possible, sur l'illusion menteuse des choses.

Au rond-point des Champs-Élysées, environ chaque jour à telle même heure, on ne manque pas de revoir une femme remarchant sous les arbres, apathiquement lente. D'habitude elle a un cabas à la main, elle déjeune même sur un des bancs. Le sexe de cet être obèse, d'une aridité obscure sous sa mise incolore, semblerait automatiquement douteux ou mieux nul, relégué dans une réelle non existence.

Parmi les sculptures d'avant la Renaissance au Louvre, je regarde, non sans l'émotion qu'on a devant des figures amies retrouvées après l'absence, une grande vierge française à qui l'enfant pose au bas de la joue sa main, enfantine main voulant s'allonger, durer davantage, tout aimablement adhérer à ce visage de sa mère, entrer avec amour dans ce visage. Et les deux figures se sourient, comme neuves, ne se devant jamais fatiguer de se chercher et rencontrer en le vague profond et tendre de ce chuchotant sourire de leur double âme pas séparée. Pourtant, nous ne nous dissimulons pas la largeur aplatie du visage de la vierge, l'inélégance foncière de sa physionomie. Parmi les vierges débonnaires, les matrones de mon pays autrefois, il en est une autre petite, dont le mouvement du bras de l'enfant a contre son visage encore comme un rampement de petit animal si attaché, on sent qu'il lui est pénible de faire vie à part, d'être hors de sa mère. Rapprochements qui se resinuent d'un corps à l'autre, les refusionnent, en des tortuosités toutes pures.

Hier jusqu'au milieu de l'après-midi, nous étions à peu près décidés à partir le soir, bien que ne sachant au juste pour où. Une plage d'océan tranquillisée par une forêt qui la longe! puis, nous reprenaient les regrets de Florence. Enfin, une incertitude chagrine nous restait de repartir. Nous nous rattachions à notre petit intérieur, à nos eaux-fortes de Rembrandt, de Dürer. Et malgré le peu d'attache qu'on peut avoir pour un appartement occupé précédemment par d'autres et en gardant d'inévitables salissures et imprégné d'une atmosphère ignorée, plus pénible, malgré cette grise philosophie des locations, nous ne pouvions nous défendre d'une attractivité de nos chambres sur nous. Rentrés d'une courte errance où nous convenions de différer notre départ, il nous semblait quasi revenir de l'absence projetée. Et, comme nous défaisions nos paquets, on ne sait quelle illusion s'évaporait, nous replaçant positivement dans l'endroit auquel l'idée tout à l'heure de le quitter avait prêté quelque charme. La présence maintenant des chambres, de nos choses là, se refaisait presque trop présente... Avec le soir, le silence tombait, s'étendait en une densité étrange. Nous étions immobilisés nous rencognant au coin du foyer. Et pour mes yeux furetant dans l'évanoui durable, c'était à travers le vide illusoire de l'air une recherche qui s'efforçait à résurrectionner les linéaments de mes chers morts, l'arrière-grand-oncle, le grand-père maternels, ma mère. Ils se tenaient, frissonnants et silencieux, à une présente distance de songe.

D'ailleurs, en quelque logis que ce soit, pourquoi cette impossibilité de se sentir dans l'essentiel intérieur d'intimité? c'est que les précédents possesseurs échappent et restent tout ensemble aux suivants, c'est que leur ombre incommode hanterait malgré même leur inconnu. Leurs traces, les traces les plus étrangères ne restent-elles pas gravées à jamais dans l'invisible d'un lieu? et c'est cette traîne furtive, mystérieusement gênante, non indéchiffrable peut-être si nos organes n'étaient émoussés de naissance, c'est elle qui irrémissiblement nous associe à un obsédant inconnu, toujours senti, jamais vu, d'autant retroublant à des minutes où s'oublierait le fallacieux des nocturnes solitudes.

Dans l'atelier de Gustave Moreau. Le dieu de la Sémélé devait, d'abord, avoir une blancheur placide, ni morte ni vive, comme un rayonnement rentré qui rêve, hors des espaces et des heures. Cependant l'artiste ne s'est pas arrêté à cette mesure peut-être un peu olympienne, sculpturale. Le dieu, d'un hiératisme juvénile, brun tel qu'un rajah, le col développé, siège sur sa cathèdre verte et rose en la semblance royale d'un Présent qui ne passera point, qui par son innocence heureuse, indéfleurie est forcément aussi le futur. Les sourcils ont cette arcature architecturale, les yeux cette immobilité ouverte, tendue, calme, où éclate et repose, sans que soit possible un sourire, la nécessité de la loi. Au haut des colonnes, entre lesquelles il trône assis, apparaissent des chapiteaux à têtes de taureaux faisant songer à une apadâna. Sur un genou du dieu se renverse la femme, en une crainte accrue et magnifiée, en un effroi peut-être inavouablement doux, en une extase charmée. Elle sait maintenant qu'elle ne touchera pas le dieu, qu'il réside par delà les désirs. Mais haut et fort il l'attire, elle ne redescendra plus, et la passion mesquinement personnelle, mortelle s'enfuit au-dessous d'elle sous forme de mauvais ange honteux. Combien purifiée, alors, cette attitude pâlement allongée de la femme, dont la blancheur se frôle d'ombre et que tachent à un côté quelques gouttes roses! la bouche demeurée entr'ouverte appelle toujours, mais muette, comme martyrisée, ne se pouvant détacher de la puissance incantatrice. La main gauche du dieu s'appuie sur une lyre que surmonte un visage inattendu en sa beauté idéalement pensive. Ce visage unique, ne s'isolant pas malgré sa supériorité insexuelle, relie le dieu et la femme en le type transcendant d'une beauté sans plus d'attributs. Ce visage regrette même d'apparaître, il voudrait, doit demeurer tout intérieur, servir de miroir lui deviendrait une trahison, ce visage est là, tracé et comme voilé, en une sage harmonie. Afin de se reposer de la fixité du dieu indien dont l'âme semble de bronze, on s'attache à ce visage de résonance spiritualisée. Gustave Moreau a-t-il eu l'intuitive intention d'une grâce théologale? Et aux pieds des colonnes ornées de feuillages émaillés où ne manque même pas la science la plus minutieuse des flores, sous la haute figure trois fois symbolique de cette trinité éternelle — la force première, la forme double, la conscience féconde et pure, à la fois triple et une, — attendent assises les figures de la mort, de la terre, de la douleur : la première, violet pâli, violet d'eau, en un resserrement ample, la tête couverte ceinte de fleurs de souci, toute l'apparence d'un luxe de deuil discret que la longue épée comme couchée rend grave; la seconde sous le masque héraldique de Pan la tête inclinée, dans les mains terreuses un entrelacs de racines ou de rameaux, aux épaules on dirait les ailes éployées d'un oiseau sombre et entre elles une urne d'or fermée, inaltérable; la troisième, couronnée d'épines, vêtue d'un azur s'éclairant, longue et jeune et endurante figure au sourire tombé et qui enchante de subir sans acrimonie, de laisser pressentir qu'elle ne succombera pas, quoique ou même parce que très délicate. Tout en haut, le ciel s'enténèbre d'une nue bleue insondable. Et dans cette ornementation tissue de fleurs poussant dans la pierre des colonnes, et avec cette lampe mystiquement vigilante au-dessus de la mort, il émane une senteur d'éden et de sanctuaire. — Derrière le tableau de la Sémélé, exsurgeait une tête de vierge florale d'entre les feuilles épanouies comme d'un aloës dont le bouton glorieux éclôt tous les cent ans, floraison du sang des martyrs telle qu'un étendard, vierge armée que d'une petite croix au côté, vierge disparaissant radieuse et humble dans son signe de pudeur triomphante. — Puis encore, au sommet d'une lande du fond de laquelle surgit une lune cadavéreuse, lune de la male heure, un cheval monté par l'ange de la mort, quelque écorché obscur, sans peau ce semble, un cierge sanglant au poing, ce cheval ombrageux, l'œil en fièvre, la tête se retournant quinteuse et quémandeuse étrangement vers sa conductrice, une vieille à l'allure suspecte et ensevelie dans sa mante, avance un peu féerique avec sa bride de haie vive, surtout il flaire autour de lui partout l'abîme. — Et que dire de ces femmes, de ces féminines colombes, posées à l'abri de gothiques tours, de pinacles de pierre filée? en leur recoin haut dans les airs, elles sont plus lumineusement douces. Elles regardent ce que pourrait bien être, là tout en bas, une ville; mais l'agitation désordonnée de la fourmilière ne monte pas jusqu'à elles. Leur perdurable sérénité descend sur nous, se renferme comme en un nid eucharistique.—Une Madeleine aussi, aux pieds de trois croix désertées, d'un ensanglantement coulant ses violets-sanguine en une ténèbre où luctueusement s'illumine le supplice auguste, tandis qu'à droite volent de blancs oiseaux, cette Madeleine, que le peintre dit devoir retoucher dans ses incertitudes sur la courtisane ou la princesse, telle que déjà elle s'affaisse sur elle-même, regarde à terre dans le vague, l'extérieur de la femme ne préoccupe plus, elle est celle sans plus ni feu ni lieu. Qu'elle reste donc ainsi, visiblement inqualifiée, toute dans le dénûment de son cœur! — Et ce sphinx flottant sur des eaux où abondent, autour, des flamants aux poses indéfinies, sur des eaux où a germé et s'endort l'enfant prédestiné entre de prestigieuses fleurs se penchant aromalement couvantes de ce sommeil mollet; et ces chimères planant sur des étendues marines et crépusculeuses insensiblement délirantes en l'intangible; et ces mystérieusement chevaleresques et pures figures sur des licornes qui semblent leur armorial, tous ces prolongements d'horizon ne dérivent-ils pas, chez Gustave Moreau, de l'indéfectible archétype, dont les songes de l'homme ne peuvent que par « une petite fente », selon l'expression de sainte Thérèse, entrevoir le limbe?

Fin d'automne — hiver, Arcachon.

Dans une *annonciation* d'Angélico au couvent de Saint-Marc, la vierge a un agenouillement qu'on croirait un miracle de la statique connue. Une simple femme n'aurait pas cette posture. Elle, cette vierge à peine adolescente, à l'allongement si doucement pauvre du visage, est inclinée sur le petit escabeau, elle est inclinée et pourtant reste droite en une incorporéité. A deux courbes minimement avançantes du manteau, se marque l'ombre des genoux retirés. Et cet accueil en prière, candidement humble, révèle la même vierge élémentaire.

Et je revois aussi tellement la vierge vénitienne XVe siècle au Louvre, le col grêle, le front comme rasé, la physionomie vaguement folle, comme extérieurement aveuglée tant elle semble sous l'empire d'une intérieure vision. La bouche, en son entr'ouverture, garde quelque chose de fui. Et la vierge dans son froid capulet qui la dégage a une austérité peut-être plus gracieuse, sa main sur la poitrine de l'enfant a un charme préservant entre les deux petites mains, un effluve chastement hallucinant nous r'enveloppe en regard de cette sculpture somnambuliquement blanche.

Et encore dans une des cellules de Saint-Marc peintes par Angelico, un geste de sainte femme près du sépulcre vide, quand, s'approchant tout près, elle s'abrite de sa main pour bien voir à travers la splendeur restante, cette main contre les yeux laisse à la curiosité pieuse de Madeleine une pudique ombre.

On songe de nuit aux couples enlacés en une fastidieuse hideur et profanant l'union charnelle sacrée jadis, à tous ces couples couvrant leur honte, tandis que la minuscule terre, l'un cependant de tous ces mondes tourbillonnant dans l'espace, continue sourdement son destin. Mais l'homme tire les rideaux de sa chambre, il ne se soucie pas plus du ciel astral que de sa propre âme.

Les roses des cathédrales, dans leur sens dérobé, tournent en *fortune* leurs rondes d'astres au vacillement berceur, elles semblent des prunelles veilleuses, en leur charme lustralement vague s'illimite et se recueille l'horizon absolu.

D'après la physiologie, il n'est pas de

signe précis auquel on puisse reconnaître positivement que quelqu'un est mort. La mort n'est pas instantanée, non plus que la vie. L'absolu seul a la fixité.

Pourquoi toujours préférer là où l'on n'est plus ?... Le regret et le désir se reconfondent doucement dans une absence idéale.

Les saluts entre inconnus dans la campagne ne sont pas muets, pas importuns, s'ils se renferment dans un fugace sourire. Mais ce culte d'une communion vague aux heures premières ou tardives, ce culte va se négligeant.

Tandis que ce matin tombe la pluie, les pins tremblent un peu comme filigranés en cette tiédeur tendre de l'air. C'est, dans l'oreille, cette eau qui semble dissoudre la nature et tombe à grandes gouttes interrompues ou plus longues, parmi des intermittences de vent qui déferle, c'est cette eau quelque chute de cristal qui s'écrase amolli. Et les reprises du vent un moment effréné, presque aussitôt inentendu, ces reprises déclinantes nous semblent notre âme se retrouvant en un égarement. Cependant, le Rhin nous revient en une profondeur lavée dont, sous le vert veiné et tournoyant, susurre et coule l'image d'ombre précieuse.

L'unité créatrice et absorbante, on la peut surprendre dans chaque réveil de la nature, dans ces aurores se résorbant diffuses en la lactescence de leurs lueurs glauques, lilas, ambrées, grises.

Nous voyions, à l'aube, les ténèbres durantes de la forêt n'expirer qu'à une lisière lointaine de ciel dans une lueur faiblement infinie. Puis, à l'aurore, se déployèrent des nuances extrêmes et vagues, d'indicibles migrations tergiversantes. Un imperceptible cristal gris-bleu s'emmêlait d'ombres gris-mauve où des mouchetures veloutées et des fumées ne se désobscurcissaient. Et cette scène a fraîchi en un mol étiolement gris-ardoise, tandis que plus bas reposait une bande sans nom dont l'or vert tremblait, semblait-il, de rosir. Et peu à peu les pâles craintes des jonquille dépris, et aussi et enfin les scabieuse superbement, langoureusement moroses!

Par les vents de pluie qui se lamentent

on croirait sans inconscience, ces gris d'or, de perle, d'iris, qu'on sent fondre au couchant, et, à l'opposite, les bleus d'une fidélité chagrine, d'une presque envelop-pante taciturnité.

Le charme trompeur de la femme tient à sa grâce chatouilleusement volubile et ondoyante qui ne se peut suffire. Elle ne se relève de sa dépendance naturelle qu'en se repliant religieuse.

Dans les graciles roses de l'aurore enfre-luchée de soie grise, se reconnaît la fine vierge éphémère aux lueurs pleurantes de ses yeux pers.

Cette nuit de lune sans une nue, Sirius nous a soudainement réapparu entre une branche verte, et la forêt toute semblait flotter légère, ne se brouillant pas, dans même la vastité céleste. Paisible et subtile solitude éparse, se filtrant, s'attirant par delà les horizons dans l'incommensurable.

Dans les tours et retours, les détours s'abandonnant de l'onduleuse danse, dans ces orbes vaguement difficiles se considère, comme en sa mouvante image, la vie d'harmonieux vertige des mondes.

L'aurore, en sa diaprure chancelante, ne nous rend pas peut-être le charme suave du gris de l'aile, hier, d'une hirondelle de mer desséchée. Charme de presque mélancolique mélodie en sa candeur câline, ce gris de poudre de perle fondue aériennement et se glaçant d'un rose, d'un vert imperceptibles.

Notre étoile, dans les songes gardiens et voyageurs de laquelle je me perds, ne doit-elle pas contenir du règne divin? je la perds, la recherche, crois la retrouver, mais dans des incertitudes, à travers les constellations qui se déplacent et repassent fugitives.

A des nuits de bleue ténèbre étoilée, la marche luisante et trémolante des astres aux dissemblances infinies se ressent s'enfoncer dans on ne sait quel silence errant qui soupire. Et cette grande habitude sidérale, toute lointainement étrangère toujours, me laisse à ma désolation enchantée.

En la pénombre le soir de la chambre où par surprises la flamme du foyer vient entreluire, je m'oublie dans le recul, au fond de la glace multiple, de mon immobilité mourante, s'affaissant comme en un titubant arrêt. Trouble rencontre d'attitude contradictoirement illusionnante.

Des narcisses blancs, dont les anthères semblent dorer le calice, se dodelinent en leur odeur rivulairement vagabonde.

Le galbe de la femme ne serpente-t-il pas tel qu'une mystifiante tige divinatoire?

L'aube douillettement pluvieuse de ce Noël paraissait se dorloter et se fuir dans ses rose-mauve.

A ce crépuscule du soir, le clocher se profilait isolé dans sa blancheur froide et vive sur le nord, dont le gris craintivement tendre s'étendait s'évanouissant comme rasséréné en de l'hypersensible.

L'après-midi, de chatouillantes étoffes si peu chiffonnées dévêtaient à peine le ciel en des élégances non immodestement traînantes.

Ces premières lueurs pleureuses à l'orient seraient pénétrantes en presque une suavéolence. Sous la pluie fine, ç'a été, dans un interstice de la forêt tout à l'horizon, des ors anciens s'enveloppant de moëlleux mauve bientôt réveilleurs, et, au-dessus, une fente telle qu'une flambe d'eau démesurément longue se glaçait inconstante. Puis, tout a paru se vouloir dissiper en des lilas pâlis mais non encore désargentés. En un recoin couleur de saule, se retrouvait ma fantaisie natale inconsolable. Et dans la matinée j'entends la voix déplorante du vent qu'il semble voir passer dans la foule fluide, comme se confusionnant des nuages d'un bleu grisé, blafard.

Dans la chambre sans lueur que celle du feu, mon ombre gigantesque et remuante englobant mon reflet dans la glace monte, se courbe au mur, au plafond, elle a au dos une carapace hors de laquelle se risque une tête de tortue. Mais cette déformation s'oublie ou se montre plus monstrueuse en face de l'ombre, sur l'autre mur, des tiges délicatement fleuries de narcisses et de roses paraissant s'éclipser dans le mystère allégé d'elles-mêmes. Et l'ombre de l'eau du verre a une pâleur hyaline, presque hallucinante.

L'argot a une chimie vive des expressions, en sorte d'effarer non sans ravir.

Saphir, opale et diamant : bleue profondeur neutre, tendre indécision des aubes et des soirs, rosée cristallisée en une incandescence.

Qu'Angelico sait donc retenir suasivement en un amour d'extase, plus peut-être même que Savonarole, le bouillant martyr dont nous avons pieusement regardé, touché là-bas les reliques. Nous revoyons à tel enfant Jésus emmailloté son visage bien au-delà de son maillot, visage oui déjà plein de sapience, à telle vierge d'une annonciation son air s'effarouchant d'innocente encellulée et plein de grâce. Et nous rappelant ensuite la botticellienne du palais Pitti, ce nez à l'immanquable renflement du bout d'une exquisité agaçante, ce regard de perspicuité et élégamment rétif en un ennui un peu hautain, cet ovale de vénusté ambiguë, nous y sentons trop d'humanité, quoique enchanteresse. Le couronnement de la vierge d'Angelico avec certains de ses visages d'angélique parenté revient comme la délicieusement simple patrie surélevée en l'ineffable.

De sur la terrasse de San Miniato notre œil se pose, dans le val en bas, sur la rouillure amie de Sainte-Marie des Fleurs.

Dans la vierge du Pérugin du palais Pitti adorant l'enfant, Gœthe et Michelet ont tour à tour admiré uniment, en une pudeur — il semble — de l'expliquer, le doigt silencieux du Jésus sur ses lèvres. Geste singulièrement naturel et mystérieux, où se marient l'adoration de la mère et l'indication comme sommeillante par l'enfant de son origine divine. Ne confirme-t-il pas ainsi, enfantinement et prophétiquement, leur nœud s'abîmant dans l'amour spirituel?... magique salut.

Ce qui nous recaptive, vraiment nous aimante dans son rayonnement recueilli, adorablement étrange, c'est la mort de la vierge d'Angelico. La forme effilée, claustrale de la reposante apparaîtrait une Isis blanche; avec cet abandonnement des mains encore croisées qui légèrement retombent, elle se prolonge dans sa quiétude supérieure. Le fils triomphal debout près de sa mère la bénit de la main droite, de l'autre il tient sur son cœur l'assomptif Paraclet, consolation enfin éclose.

« Quand ce qui est parfait sera venu, ce qui est partiel disparaîtra... Aujourd'hui nous voyons au moyen d'un miroir, d'une manière obscure, mais alors nous verrons face à face; aujourd'hui je connais en partie, mais alors je connaîtrai comme j'ai été connu. » Cette clairvoyance par saint Paul de la perfection perpétuelle contient le fond même de notre désir, et, d'après la doctrine des anciens mages, n'aura-t-on pas selon son désir?

Achevé d'imprimer

le sept juin mil huit cent quatre-vingt-douze

PAR

ALPHONSE LEMERRE

25, RUE DES GRANDS-AUGUSTINS, 25

A PARIS

I. — 1640.

www.ingramcontent.com/pod-product-compliance
Ingram Content Group UK Ltd.
Pitfield, Milton Keynes, MK11 3LW, UK
UKHW020251250726
13967UKWH00004B/1610